07
MY HERO ACADEMIA
U.A Report Cherry Blossoms

ONE FOR ALL
DEKU

堀越耕平　誉司アンリ

JUMP j BOOKS

雄英高校生徒名簿

ヒーロー科：1年A組

飯田 天哉
誕生日：8月22日
"個性"：エンジン

轟 焦凍
誕生日：1月11日
"個性"：半冷半燃

爆豪 勝己
誕生日：4月20日
"個性"：爆破

緑谷 出久
誕生日：7月15日
"個性"：ワン・フォー・オール

八百万 百
誕生日：9月23日
"個性"：創造

麗日 お茶子
誕生日：12月27日
"個性"：無重力

峰田 実
誕生日：10月8日
"個性"：もぎもぎ

常闇 踏陰
誕生日：10月30日
"個性"：黒影

尾白 猿夫
誕生日：5月28日
"個性"：尻尾

芦戸 三奈
誕生日：7月30日
"個性"：酸

青山 優雅
誕生日：5月30日
"個性"：ネビルレーザー

蛙吹 梅雨
誕生日：2月12日
"個性"：蛙

砂藤 力道
誕生日：6月19日
"個性"：シュガードープ

口田 甲司
誕生日：2月1日
"個性"：生き物ボイス

切島 鋭児郎
誕生日：10月16日
"個性"：硬化

上鳴 電気
誕生日：6月29日
"個性"：帯電

CHARACTER

葉隠 透
誕生日：6月16日
"個性"：透明化

瀬呂 範太
誕生日：7月28日
"個性"：テープ

耳郎 響香
誕生日：8月1日
"個性"：イヤホンジャック

障子 目蔵
誕生日：2月15日
"個性"：複製腕

ヒーロー科：教員

ミッドナイト
誕生日：3月9日
"個性"：眠り香

プレゼント・マイク
誕生日：7月7日
"個性"：ヴォイス

相澤 消太
誕生日：11月8日
"個性"：抹消

オールマイト
誕生日：6月10日
"個性"：ワン・フォー・オール

ブラドキング
誕生日：11月10日
"個性"：操血

Others

壊理
誕生日：12月21日
"個性"：巻き戻し

ヒーロー科：3年B組

通形 ミリオ
誕生日：7月15日
"個性"：透過

普通科：1-C

心操 人使
誕生日：7月1日
"個性"：洗脳

STORY ストーリー

"個性"と呼ばれる特異体質を持つ超人たち。ある者は平和のために、またある者は犯罪を犯すために、それぞれが自分の"個性"を利用する超人社会となっていた。そんな中、"無個性"の少年・緑谷出久は、ヒーロー養成校「雄英高校」へ入学し、ヒーローへの階段を駆け上ろうとしていた！

この小説は本編では明かされなかった「雄英高校」の、とある「日々」を描いた物語である。

MY HERO ACADEMIA
僕のヒーローアカデミア
雄英白書
桜

コンテンツ
CONTENTS

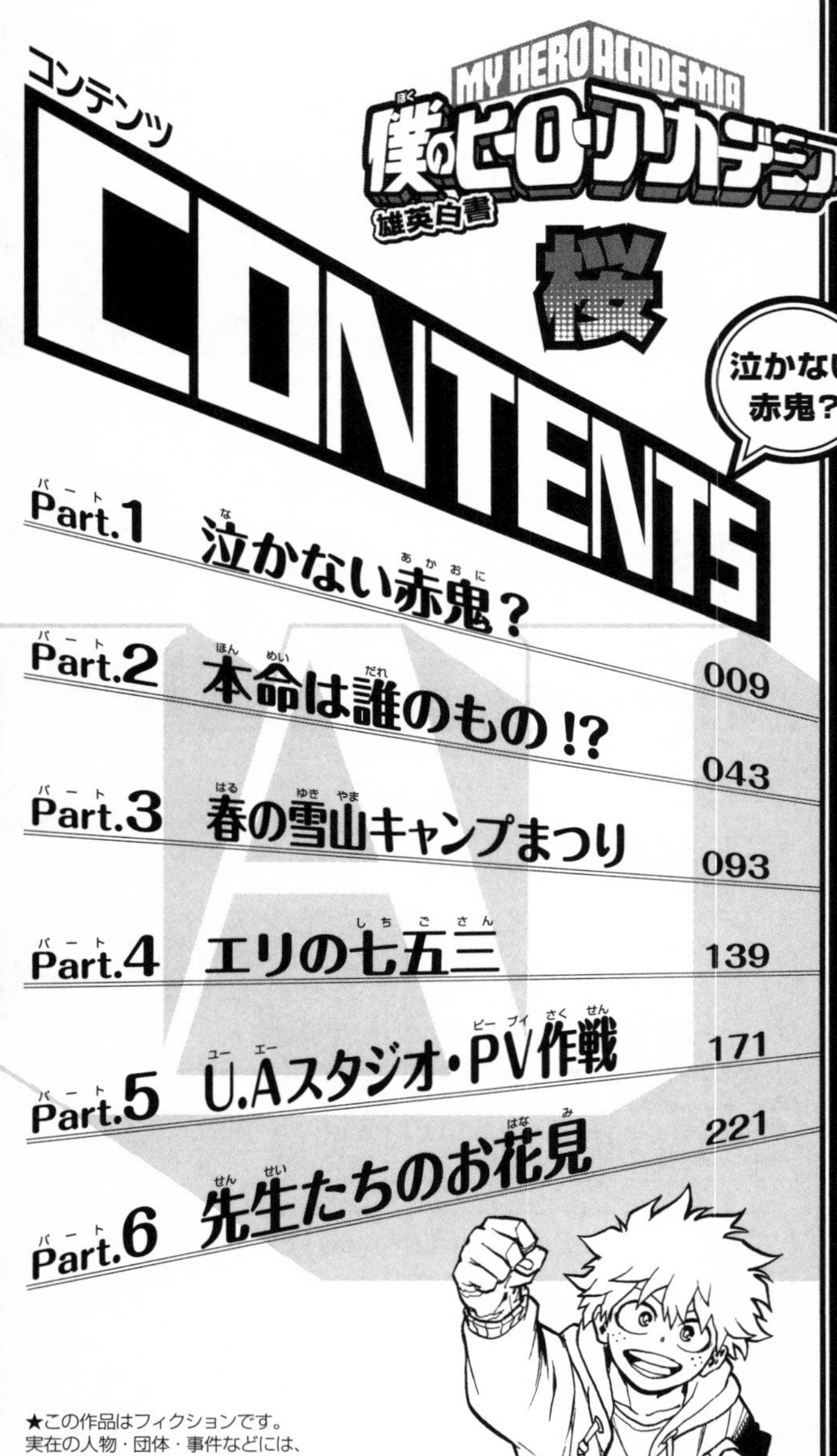

Part.1

泣かない赤鬼？

国の要請で再開されたインターンで、ヒーロー科の生徒たちはそれぞれヒーロー事務所に赴き、個人、そしてチームプレイとメキメキと力をつけていた。

そんななか、特殊刑務所タルタロスに収監されていた敵連合の黒霧が、相澤消太やプレゼント・マイクと友人だった、白雲朧の死体をもとに作られていたことが判明した。

警察からの求めで対面した二人の呼びかけで黒霧から得られた情報により、敵連合改め超常解放戦線に潜入捜査していたホークスが〝個性〟強化中の死柄木弔の居場所を特定した。それにより、水面下で超常解放戦線を一網打尽にするべくヒーロー及びヒーロー科生徒を数に入れた大規模な作戦が練られようとしていた。


そして、季節は二月。

桜が咲くにはまだ寒さが厳しい月の頭にある季節の行事、それは節分である。

地方によってそれぞれ違いはあるが、一般的には、「鬼は外、福は内」と言いながら鬼に豆をぶつけて退治する。

古来より鬼は日本人にとって身近なものだ。豆まきに、鬼ごっこ、ことわざ。童謡でも歌われ、最近では鬼から電話がかかってくるアプリなどもある。それほどまでに鬼が浸透している要因の一つとして、読み聞かせの定番、『桃太郎』がある。桃から生まれた桃太郎が、おともの犬と猿とキジを引き連れ、悪さをする鬼を退治するのだ。

鬼退治といえば、桃太郎なのである。

「——というわけで、今日は鬼チームと桃太郎チームに分かれて対決をしてもらいます」

そう言った相澤の前にいる全員ジャージ姿のA組は、「おお～」と感嘆の声をあげた。

もちろん授業なので真剣にやるが、対決となるとどこかゲーム感覚になるのは否めない。

それに、ここの施設も盛りあげるのに一役買っていた。

広い空間の中央に小高い山があり、それを取り囲むように森が広がっている。ところどころゴツゴツとした岩が転がっていて、隠れるにしても奇襲をかけるにしてもよさそうなポイントがゴロゴロある。

生徒たちが浮かれる前に、相澤はサッとボックスを差し出した。

「中に鬼のクジと桃太郎のクジが入ってる。さっさと引け」

それぞれクジを引きに相澤のもとへ集まるが、面倒くさそうにやってきた爆豪勝己に相澤が言う。

「爆豪、お前は引かなくていい。鬼チームだ」

「あ？」

一人だけそう言われ訝しむ爆豪に、近くにいた上鳴電気がププーッと吹き出す。

「爆豪、鬼っぽいもんなー！」

「んだと、コラ！」

「理由はあとだ」

不満そうな爆豪だったが、相澤に言われてしかたなく引き下がる。その間に全員がクジを引き、チーム分けが決まった。

桃太郎チームは、緑谷出久、麗日お茶子、蛙吹梅雨、峰田実、上鳴、耳郎響香、瀬呂範太、芦戸三奈、尾白猿夫、葉隠透、砂藤力道、口田甲司。

鬼チームは、爆豪、轟焦凍、常闇踏陰、飯田天哉、障子目蔵、切島鋭児郎、八百万百、青山優雅。

「先生！　チーム対決にしては人数に差がありますが⁉」

「それは圧倒的に桃太郎チームのほうが不利だからだ。今、説明する」

バッと手をあげた飯田を制して、相澤は桃太郎チームに豆サイズの玉を一人三粒、鬼チームに棍棒を一人一本ずつ渡していった。

「桃太郎チームは鬼に棍棒を当てられたら失格、鬼チームは桃太郎に豆を三回当てられたら失格。豆は一度当てたら終わりではなく、手元にある限りは何度でも使用可能だ。そして、鬼チームの勝利は、桃太郎を全滅させること。桃太郎チームの勝利は、鬼に捕らえられた人質を救出することだ」

「人質？」

きょとんとする出久たちに相澤が山の頂上を見ながら言う。

「人質役はエリちゃんにしてもらう。あの山の頂上の小屋で人質として捕まっている設定だ。いいか、両チームとも、エリちゃんには本物の人質として接するように」

「………？」

相澤の視線が最後に自分に止まり、爆豪は違和感に眉を寄せる。そんな爆豪を見たまま相澤は続けた。

「爆豪、お前には特別課題を出す。この授業中エリちゃんと少しでも仲よくなるように」

「……はぁ⁉」

理解に時間がかかったのか、爆豪は少し間を置いて目を見開き驚く。驚いたのは爆豪以外のA組の面々も同様だった。

「今回は人質をとる側だが、これから先、幼児救出の任務もあるかもしれないだろう。そ

んなとき、幼児に心を開かせることは任務の成否にもかかってくる重要なことだ」

「……っ、んなもん、さっさと救出しちまえばいいだけ――」

「仮に敵の目を盗んで救出する状況だったとして、強引に連れ出されたら幼児にとって、お前は敵と変わらない存在になる。泣かれでもして敵に気づかれたら、幼児を守りながらの戦闘だ。ヒーローにとって最優先するべきは救出者の安全だ。わかるな？」

有無を言わせない相澤の眼力に、爆豪はぐッとおし黙るしかなかった。

「……では、一〇分後に鬼チームは小屋から、桃太郎チームは森の前からスタートだ。全員配置につけ」

相澤の言葉に、それぞれのチームが分かれて移動を開始する。

苛立ちを隠さずズンズンと山を登っていく爆豪に切島が駆け寄って言った。

「爆豪、すげえ課題出されたな。俺も協力するから、エリちゃんと仲よくなろうぜ！」

飯田たちもそのあとに続いてやってくる。

「もちろんみんなで協力しよう！」

「でも、どうすれば爆豪さんがエリちゃんと仲よくなれるのか……」

とてつもなく難しい課題に八百万が頬に手を当てながら考えこむ。その後ろで常闇と障子が言った。

「爆豪と幼女……まさに鬼門」

「確かに」

想像もできない難問に、切島たちが眉を寄せる。そんなみんなの様子を見て、一番後ろにいた青山が言った。

「まずはキラキラの笑顔じゃない？　ほら、ボクと緑谷くんみたいに☆」

その言葉に轟が思い出したように口を開く。

「緑谷はその子と仲いいからな。緑谷を参考にすればいいんじゃねえか？」

「あぁ⁉　デクが俺を参考にすることはあっても、その逆は天地がひっくり返ってもねぇわ‼　頭わいてんのか！」

一方、森の前へ移動しながら、桃太郎チームも爆豪の特別課題のことを心配していた。

「かっちゃんがエリちゃんと……？　大丈夫かなぁ……？」

うう～んと考えこむ出久に、お茶子も心配そうに同意する。

「エリちゃんにいつもみたく怒鳴ったりしないといいけど～……っ」

「爆豪ちゃんもそのへんは気をつけるんじゃないかしら？　あ、でも、ほかのみんなに怒鳴ってるのをエリちゃんが見て、怖がっちゃうってこともあるわね……」

梅雨が口の下に指を当てて、困ったように言う。

「いやー、仲よくなるのは普通にムリだろ！」

「先生も残酷な課題出したもんだぜ……」

ハナからあきらめているような上鳴と峰田に、あきれたように耳郎が言った。

「爆豪の課題が心配なのはわかるけど、とりあえず今はエリちゃんの救出でしょ」

その言葉に、みんなの顔が引き締まる。出久が頷いた。

「とりあえず、どうやって攻めるか話し合おう」


「ひ、人質役のエリです、よろしくお願いします」

頂上の小屋に着いた鬼チームは、中で待っていたエリに緊張気味に挨拶された。

「おう！　エリちゃん、よろしくな」

「よろしくお願いいたしますわね」

切島はエリの救出作戦のとき参加していた縁もあり、親しみがわいている。八百万はお茶子たちとともに何度か教師寮に行ったことがあった。だが、ほかの面々はエリの事情をくんだりなどして、面識がある程度だった。

緊張して手をぎゅうっと握りしめているエリの様子に、轟、青山はいつもどおりマイペースだったが、飯田や常闇や障子は少し緊張が移ったように改まる。

「………」

そんなみんなの後ろで爆豪はしかめた顔でエリを見ていた。その視線に気づいたエリが、少し驚いたように肩をすくめる。

「――チッ」

爆豪が思わず舌打ちをする。それは課題の面倒くささに対してのものだったが、そんなことがわかるはずもなく、エリがビクッとする。

「爆豪くん、女児の前で舌打ちなどっ」

「うるせえな」

飯田の注意に爆豪はいつもよりおとなしめに返す。だが、ふだん、教師寮での先生たちはエリの前では粗暴な言動はもちろん控えているので、爆豪の言動はエリにとってわずかな恐怖を感じてしまうものだった。

不穏な空気に、爆豪以外の鬼チームがとまどうように目線を合わせたそのとき、スタートを知らせるブザーが鳴り響いた。切島が少し心配そうにしながらも爆豪に声をかける。

「………とりあえず、爆豪はエリちゃんの見張りだな！」

「……あぁ!?」

「……えっ」

ほぼ同時に驚いた爆豪とエリが互いに顔を見合わせ、気まずそうに目をそらした。

ブザーが鳴ったあと、桃太郎チームはそれぞれが山を囲むように分かれ、頂上を目指す作戦をとっていた。高低差がある戦いは、当然低いほうが不利になる。まとまっているところを攻められ全滅させられるより、誰か一人でもたどり着くほうを選択した。

「…………」

山道の途中で、突然落ちていた枝がパキッと折れた。次の瞬間、岩陰に身を潜めていた障子が現れる。

「葉隠、そこだな？」

「えっ⁉」

隠密行動において右に出る者はいない葉隠が、突然名前を呼ばれて思わず声をあげてしまう。しまったと口を閉じ、あわてて逃げようとするが、障子の複製腕の耳は枝や葉っぱを踏んだ音を聞き逃さず葉隠の位置を特定し追い詰めた。

「もう逃げられないぞ、葉隠」

「〜っ、こうなったらっ」

葉隠が口の中に隠していた豆をそのまま障子にぶつけようと吹き出した。だが、障子はそれを複製腕の手ですべてキャッチしながら、葉隠に棍棒を当てた。

『葉隠、アウト』

施設内のカメラで確認している相澤の声がスピーカーから響く。ちなみに、アウトになった生徒は激カワ据置プリズンに入れられる。

「もう～っ、絶対みつからないと思ったのに～！」

がっくりする葉隠に障子が言う。

「誰が通っても音がするように、さりげなく枝や葉を撒いておいた」

そのころ、瀬呂は木々の間をぬうようにテープを伸ばしながら移動していた。なるべく最短距離で小屋へ着こうと移動していたが、真っ向から飯田が駆け下りてくる。

「飯田っ？」

「うおおおおっ、俺は鬼だぞぉー!!」

棍棒をふりかざして迫りくる飯田に、瀬呂がとっさに方向転換し、すんでで避ける。だが飯田はそのスピードを落とさず、木々の間を抜け瀬呂のもとへ。瀬呂もテープを使って飛びながら避け豆を放つが、飯田がそれを駿足でかわし、当てることができない。その隙に死角から棍棒を当てられてしまった。

『瀬呂、アウト』

相澤の声に、山の中腹までやってきていた尾白が「二人アウトか……」と顔をしかめる。

そのとき、正面から棍棒を肩に担いだ切島がやってきた。

「ここから先は通さねえぞ」

ニッと笑う切島に、尾白が苦笑しつつ身構える。

「……正面突破か」

切島と尾白が真っ向からぶつかっている頃、その反対側から頂上を目指している出久が、同じく頂上を目指し移動していた梅雨と合流していた。

「今のところ、アウトになったのは透ちゃんと瀬呂ちゃんね」

「うん。頂上に近くなればなるほど遭遇する確率が上がる……ここから先は――」

気をつけないと、と言おうとしたそのとき、出久と梅雨を囲むように氷壁が現れた。

「余裕だな、緑谷」

「！」

前方から氷結で滑りながらやってきた轟が、出久に棍棒を向ける。梅雨がとっさに出久を舌で巻いて避けた。

「ありがとうっ、あすっ…梅雨ちゃん！」

「いいのよ」

手強い鬼の登場に、出久と梅雨は身構える。「先に行って！」と出久が梅雨に声をかけて、梅雨から距離をとるべく駆けだす。

その間に梅雨も離れようとするが、轟は梅雨を氷結で囲んで足止めをし、すぐさま出久を追う。そして出久の前に氷壁を出し、滑り戻ってくる出久めがけて棍棒を振り下ろす。

出久は振り返りざま、豆を指で弾き轟を狙った。だが、棍棒で防がれる。久しぶりの対戦に、二人は子どものようにニヤッと笑った。

「氷壁……轟くんか」

「交戦してるのは……たぶん、緑谷っぽいな」

移動していたお茶子と耳郎が少し離れた場所に現れた氷壁に気づく。二人も途中で合流したばかりだった。

「とりあえず、小屋だね」と耳郎が周囲を気にしながら、慎重に頂上を目指し、動きだそうとしたそのとき。

「麗日っ、誰か来る」

耳郎が誰かが近づいてくる音と、何かカチャカチャする音を察知し、二人はサッと岩陰に身を隠す。

（この足音……ヤオモモ？　それにこの音……何か持ってる？）

そう推理した耳郎は、小声でそれをお茶子に告げる。息を潜めている二人に八百万がまっすぐ近づいてくる。完全に位置がバレていると悟った耳郎はお茶子とアイコンタクトして、岩の両側から同時に豆を投げることにした。八百万が岩の近くまで来たタイミングを狙い、二人が同時に投げるその直前、カチッと何かのスイッチを入れたような音がしたあと、ブォンと重低音が響いた。

「「えっ⁉」」

二人の投げた豆が、八百万が肩から下げている掃除機に吸いこまれていった。唖然とする二人に八百万が笑みを見せる。

「超強力掃除機ですわ。これで豆を回収します」

一瞬、たじろいだ耳郎とお茶子だったが、八百万からそれぞれ距離を取り身構える。

「そんなの担いでたら防戦一方だよ」

「ええ、ですから攻撃は任せましたの」

お茶子に応えた八百万の上空に、黒影に抱えられ飛行してくる常闇が現れた。

「任されたゾー！」

黒影と常闇の手には棍棒が握られている。

「ちょっ、ま……！」

あわてる耳郎とお茶子に、黒影（ダークシャドウ）と常闇の棍棒が迫る。とっさに逃げる二人だったが、このままではラチがあかないと豆を投げた。だがそれも掃除機に吸い取られてしまった。

お茶子の顔が歪（ゆが）む。

「やっばい……！」


みなが激しい攻防戦を繰り広げるなか、爆豪とエリのいる小屋は沈黙に包まれていた。

相澤から出された課題は、とてつもなく矛盾（むじゅん）した難題である。

本当の人質としてエリに接しろということは、爆豪もまた鬼役として接することを意味する。なのに、鬼が人質と仲よくなれとは矛盾も矛盾だ。

（ストックホルム症候群（しょうこうぐん）にでもさせろってか⁉　なに考えてやがる……っ!!!）

ストックホルム症候群とは、敵と長時間行動をともにする異常なストレスのなか、敵に連帯感や好意を抱く現象である。

ふだんであれば不満を爆発させている爆豪だったが、そんなことをすれば課題達成から遠のくであろうことはさっきのエリの反応で学習している。不満は心の中だけに収めたが、表情まで制御できないのはご愛敬（あいきょう）だ。

それに、爆豪も課題自体は一理（いちり）くらいはあると渋々（しぶしぶ）納得はしていた。ならば、矛盾ごと

呑みこむしかない。

「…………」

しかし、課題をクリアするための解決策は見当たらない。爆豪は基本、なんでもすぐにこなせる天才型だが、気を遣わなければならない相手とのコミュニケーション術は未知の世界だ。

（――ガキと何話せっつーんだ！）

そんなとき、さっきの轟の言葉が蘇った。

『緑谷はその子と仲いいからな。緑谷を参考にすればいいんじゃねえか？』

「クソがぁっ!!」

思わず叫んだ爆豪に、エリがビクッと驚く。爆豪は制御できなかった自分とムカつく幼馴染に舌打ちした。

絶対に参考にしたくない幼馴染が、気を遣わなければならない相手とのコミュニケーションに長けていると気づいてしまったからだ。身近な参考材料として、これ以上のものはない。けれど、長年染みついたプライドが顔に出る。

「っ!?」

その鬼のような形相にエリが気づき、本当の人質のように震えあがりながら手をぎゅうっと握りしめた。

そんなことに気づきもせず、爆豪はまたチッと舌打ちする。

（アイツを参考になんかしねえ……俺は俺のやり方でいく）

爆豪は考える。

鬼役として接しながら、子どもの心を開かせる方法を。

（…………そんなもん、あるかぁ！）

だいたい、鬼役ってなんだ、と心のなかでツッコミながら、爆豪はそっちの路線に早々と見切りをつけた。ならば自分が子どもの頃、人質になったらと仮定することにした。

子どもの頃、人質になったとして、敵にどう接してこられたら心を開く？

「……〜〜〜っ」

爆豪は何度も人質になった自分を想像してみたが、何度やっても敵を倒す想像しかできなかった。

（だいたい、敵に心を開く人質なんかいるわけねえだろ）

万が一、敵と行動をともにしなければならない異常な状況下でも本物の愛情が芽生えるかもしれない可能性があるのは否定できない。けれど、目的を遂げるために、誰かの命を盾にするような相手に心を開くのは、自分を軽んじる行為だ。

（そんなもん、ただのバカだ）

そう結論づけて、爆豪は頭をガシガシと掻きながら次のプランを考える。短い時間であれこれ考えに考えて……そして、重い口を開いた。

「………………好きな食べ物は何だ」

「……え？　……リ、リンゴです……」

考え抜いた結果、巡り巡って、一番無難な質問にたどり着いてしまった爆豪だった。

とまどいながら答えたエリの顔には、どうしてそんなことを訊かれたんだろうという疑問と、そんな質問をしてきた爆豪への不信感が募っていくのがありありとわかる。

（……ただの不審者じゃねえか……っ）

爆豪は、自分が間違えたことを悟り、とてつもなく険しい顔で頭を抱えた。


上空からの常闇と黒影の襲撃に、お茶子、耳郎、芦戸、尾白がアウトになってしまった。桃太郎チームで残っているのは、出久、梅雨、上鳴、峰田、砂藤、口田の五人だ。対して、鬼チームは未だ誰一人アウトになっていない。

いったん退いた桃太郎チームは、事前に決めておいた死角になっている麓の集合場所に集まっていた。

「もう半分アウトになっちまったし、豆は少ねーし……どうする？」

「このままじゃエリちゃん救う前に全滅しちまうよー！」

深刻な砂藤と上鳴に、梅雨も考えこみながら口を開く。

「少ない豆でアウトにするには、一人一人確実に狙うほうがいいのかしら……？」

その言葉に出久が頷き、ブツブツと考えこんだ。

「エリちゃん救出を最優先にしたいけど……絶対、鬼チームは攻撃してくるだろうし……やっぱり避けては通れないよね……」

「緑谷、なんか案あんの？」

峰田に訊かれ、出久はみんなを見回し、そっと口を開いた。


一方、いったん小屋に戻った鬼チームは、心配が当たっていたことを知った。

爆豪はこれ以上ないほど苦虫を噛みつぶしたような顔でこちらをにらんできて、エリは小屋の隅で本物の人質のようにビクついている。仲よくなるどころか、最悪な雰囲気が漂っていた。

ここは俺がどうにかしなければ、と委員長として飯田が一歩前に出た。

「エリちゃん君！　爆豪くんはこう見えていいところもあるんだ！　なぁみんな！」

SMASH
MY HERO ACADEMIA
僕のヒーローアカデミア

飯田があとに続いてくれとみんなにパチパチとわかりやすく目配せする。

爆豪のいいところを知ってもらえたら、きっと仲よくなれるだろうというドストレートな作戦に出たのだ。突然振られたみんなは「え」と動揺したが、切島が率先して言った。

「爆豪はこう見えても、ウソのつけねえまっすぐな男だぜ！」

切島は言ってやったぜとばかりにニカッと爆豪に笑ってみせる。それに背を押されたように、八百万が続いた。

「そうですわ！　爆豪さんはこう見えても……そうですわね……あ、そう！　とてもきれいに食事をされる方ですわ！　所作が美しいんですの」

言えて安堵しながら、八百万が次お願いしますと近くの障子を見た。託された障子が口を開く。

「爆豪はこう見えても……こう見えても……寝起きがいい。朝、あわてているのをみたことがない」

言い終えた障子が常闇に視線を移す。じっと考えこんでいた常闇が「俺か」とおもむろに口を開いた。

「爆豪はこう見えても…………そうだ、洗面所をキレイに使う。水滴が飛んだらちゃんと拭いている」

いいところを思いついてよかったと少し満足げな常闇が轟を見る。

「爆豪はこう見えても…………こう見えても……？」

続こうとしたが、黙りこんだ轟の代わりに青山がハイッと割りこんできた。

「じゃあボクが先に言うね！　爆豪くんはこう見えても、すっごく器用なんだ。今すぐにでも下がりそうに腰ではいているズボン、一度も下がったことないよ☆」

言い終えた青山のあと、ずっと考えていた轟が思いついたように顔を上げた。

「爆豪はこう見えても、講習をきっちり受ける。あと、緑谷の幼馴染だ」

みんなの言葉を顔をしかめて聞いていた爆豪だったが、最後の言葉に耐えきれず叫んだ。

「んだそりゃ!!　なんで俺のいいところがクソデクと幼馴染なとこなんだ!!」

「え、デクさんと？」

しかしエリには響いたようだ。興味をひかれたように爆豪を見る。それがさらに爆豪に火をつけた。

「なりたくて幼馴染になったんじゃねぇわ!!　あとなんだ！　こう見えてもって！　俺はいったいお前らにどう見えてんだ!!!」

爆ギレする爆豪にエリが驚き、ますます距離を取るように小屋の隅に縮こまる。

その様子に「あちゃあ」と頭を抱えるみんなの横で、轟が「なんか悪ィ」と謝った。

ますます最悪になっていく爆豪とエリの仲ばかりにかまっているわけにもいかず、飯田たちは後ろ髪をひかれながら再び桃太郎チームを全滅させるべく小屋を出た。全員、爆豪の特別課題に手も足も出なかったのもある。

「さて、残りは五人か……」

「豆は残り少ないはずですわ」

飯田と八百万に障子が応える。

「絶対に小屋に来るはずだから、周辺で張れば――」

そのとき、突如茂みからぬるりとした長いものが飛び出し、青山に巻きついた。

「うわぁああ⁉」

叫ぶ青山を舌で巻き取ったまま、ダッと後方に跳んでいったのは梅雨だった。

「青山！」

切島が駆けだし、飯田たちもあとに続く。山を中腹まで下ったところで、見失ってしまった。複製腕で周囲を探った障子が言う。

「こっちだ」

「――罠か？」

障子に誘導されながら、轟が注意深くあたりを見る。次の瞬間、障子がハッとした。

「来る！」

木を跳び渡りながら出久が鬼チームの上にやってくる。振りかぶった手には残りすべての豆が握られていた。それを見た常闇が黒影で飛び上がり、八百万が掃除機のスイッチを入れた。ブォンと唸る吸いこみ口に豆より先に吸いこまれていくのは、高い木から飛び下りてきた峰田が投げたもぎもぎだ。

「えっ⁉」

吸いこみ口をもぎもぎにふさがれ、八百万が驚く。その間に出久が峰田をキャッチして、常闇の前へと跳躍した。

「くらえ、もぎもぎ！」

「くっ……！」

黒影の持っている棍棒と常闇の棍棒がもぎもぎでくっつく。続けざま、口田が操る十数匹のカラスが飯田たちを取り囲んだ。

「なっ！」

驚く飯田たちは、カラスから追い立てられるように茂みの陰へ。

「キャッ⁉」

そこにあったのは砂藤が作った大きな穴だった。みごとに落ちてしまい唖然とする八百万たちを見下ろすように、上鳴が現れた。

「悪いね、豆が少ないから一網打尽にしないとさ」

ニヤリと笑いながら上鳴が放電する。全員、感電し動けなくなったところに、豆を三回ずつ当てた。相澤の声が響く。

『飯田、青山、轟、切島、常闇、障子、八百万、アウト』

「よし、あとはエリちゃんを救出だ」

そう言う出久に、切島があわてて言った。

「対決チームにこんなこと頼めた義理じゃねえのはわかってる……でも、そこを頼む！　みんな、爆豪とエリちゃんが仲よくなれるように手伝ってやってくれ！」

切島がお願いするように手を合わせる。

「やっぱり大変そうなの？」

神妙に出久に訊かれ、切島は「あぁ」と深く頷く。飯田も続いた。

「距離が縮まるように二人きりにしてみたり、努力はしたんだが……空気は悪くなる一方だ。委員長として俺からも頼む！　爆豪くんの特別課題に手を貸してあげてほしい！」

飯田の言葉に桃太郎チームが顔を見合わせる。そこに異論はなかった。出久が応える。

「もちろん！　僕も大丈夫かなって心配だったんだ」

「任せとけ！　……ってどうすんの？　あの二人が仲よくなるビジョンが全然見えねー」

「問題はそこよね」

心配そうな上鳴と梅雨に、ほかの面々も同意する。そのとき、なにやら考えこんでいた八百万が口を開いた。

「……あの、泣いた赤鬼を参考にするのはいかがでしょう？」

「泣いた赤鬼？」

きょとんとする砂藤に峰田が言う。

「知ってる！　人間と仲よくなりたい赤鬼がいて、それを聞いた友達の青鬼がわざと人間を襲って、赤鬼に人間を助けさせるんだよ。で、赤鬼と人間が仲よくなるんだけど、青鬼は、赤鬼がずっと人間と仲よくできるように身を引いてどっか行っちゃうんだよな～」

「あれ切ねえよな。赤鬼の本当の友達はお前だよ、青鬼ぃ～！　って思ったもん」

上鳴が思い出して切なそうな顔をする。八百万はみんなを見回した。

「ええ、みなさんそれぞれ感想はあるでしょうが……鬼と人間が仲よくなるには、やはりあえて悪役が必要……つまり」

「僕たちが青鬼になって、かっちゃんが赤鬼ってことか」

出久が考えこむ。八百万が続けた。

「ええ、もしくは、節分の鬼という話とか」

「どういう話？」

青山に八百万が答える。

「節分の日に、孤独な老人が、ほかの家から聞こえてくる、鬼は外、福は内、という声を聞いて、反対に、鬼は内、福は外、と叫ぶんです。それを聞いた鬼が嬉しがって老人の家に入ってきてしまうんですが、結局は楽しく宴会になってしまい……老人は生きる気力を取り戻すというお話です。こちらを参考にするのならば、悪役も登場せず平和に仲よくなれる作戦になるのですが……」

「エリちゃんが爆豪に同情するようにしむけるってことか」

「問題は爆豪ちゃんが協力してくれるかどうかかね」

梅雨の言葉に、協力してくれる爆豪を想像しようとして、全員が「うう～ん……？」と悩ましい顔になった。

「エリちゃんのことを考えるなら、その節分の鬼だけど……」

困った顔でそう言う出久に、ほかの面々が「ムリだな」と口々に同意した。出久がみんなを見回した。

「――それじゃあ、泣いた赤鬼作戦でいこう」

爆豪は苛立ちながら、小屋の窓から外を見ていた。

(残ってんのは俺一人……クソッ、アイツらが来たら全滅させてやる……)

今すぐにでも攻撃に行きたいが、エリのもとを離れるわけにもいかない。もともと、待つのは性(しょう)に合わない爆豪のイライラは募るばかりだ。だが、エリの前で感情を出すわけにもいかず、ますます苛立つ一方だった。

爆豪は小屋の隅で縮こまっているエリをわずかに振り返る。それに気づいたエリは、ビクッとして爆豪から視線をそらした。

(――どうしろっつーんだ)

エリは爆豪の一挙手一投足(いっきょしゅいっとうそく)にビクついている始末だ。爆豪は本当に自分が鬼にでもなった気さえしてくる。まさにお手上げ状態の特別課題に、頭をガシガシと掻いたそのとき、背中にちょんちょんという感触を感じた。バッと振り返ると、茂みから顔を覗(のぞ)かせている梅雨の舌だった。舌には小さなメモが挟んである。

「……………?」

訝しげな顔をする爆豪に、梅雨はジェスチャーでメモを見るように示す。

開いたメモには、『特別課題に協力する。泣いた赤鬼作戦』と書いてあった。

梅雨が顔を上げた爆豪に確認するように頷いて、茂みの奥へ消えていく。

（……俺が赤鬼ってか）

そのメモだけで理解した爆豪は、小さく舌打ちした。大方、切島あたりが桃太郎チームに頼みこんだのだろうと推測しながら、顔をしかめた。

協力するというが、桃太郎チームも勝利をあきらめるわけはない。つまり、泣いた赤鬼作戦を仕掛けたあと、エリを救出するつもりなのだ。爆豪が、そのときどうやって全滅させるかを考えかけた直後、小屋に全身をマントで覆った者たちが声を張りあげながら乱入してきた。八百万にマントを作ってもらった桃太郎チームだ。

「うおおおお～！　その子をよこせ～!!」

「俺たちゃ敵だぞ～！」

「悪い敵だぞ～！」

わざとらしく大暴れする砂藤、上鳴、峰田のあまりの大根っぷりに爆豪は険しい顔でドンびきする。しかし、容赦なく襲いかかられた瞬間、スイッチが入った。

「……っざけんなよ、オラァ!!!」

今の今まで、たまりにたまっていたフラストレーションが爆発したのだ。そして、この機会に桃太郎チームを全滅させりゃいいんじゃねえかと思い至った。

棍棒を手に、解き放たれた爆豪の顔は生き生きと輝いている。そんな素敵な表情も、暴力と一緒になったとたんに猟奇的な悪役と化す。

その様子にエリの顔がひきつっているとも知らず、爆豪は三人をあっというまに倒した。そして、背後に控えていた出久たちに向かい叫ぶ。

「かかってこねえなら、こっちから行くぞ!! コラァ!!」

まさしく鬼の形相で襲いかかってくる爆豪に、狭い小屋のなかで出久たちはわずかに焦った。爆豪の想像以上の暴れっぷりにドンびきする。このままでは小屋ごと壊しかねない勢いだ。

「ちょっ、ちょっと待って、かっちゃん!」

「ちょこまか動くなや、デク!!」

「え……」

突然の乱入に驚いていたエリが、その名前に反応する。

爆豪を必死に避けている出久のフードは外れ、顔が露になった。

「かっちゃん! 特別課題の……っ」

「協力ごくろーさん、こっちは一石二鳥狙ってんだよ! オラァ!」

小屋の隅に追い詰められた出久に爆豪が棍棒を振り上げる。だが、その瞬間。

「おにわそとっ、おにわうち……っ」

そう叫んだエリが爆豪に向けて小さなものを投げた。

「──あ？」

わずかな感触とパララと床に転がる軽い音に目を向けた爆豪が見たのは、三粒の豆だった。振り向くと、少し怖がりながらも爆豪をまっすぐにみつめているエリがいる。

『爆豪、アウト。……これで鬼チームは全滅だな。よって桃太郎チームの勝利だ』

相澤の声に、呆然(ぼうぜん)としていた爆豪がハッとして叫ぶ。

「どういうこったよ⁉」

『初めに言っただろ。エリちゃんを本物の人質として扱うようにって。人質はいつだって脱出の機会を狙っているし、武器を隠し持っているかもしれない。よって、エリちゃんには最初から反撃用の豆を渡してあったんだ』

相澤の言葉に、驚く出久がエリに声をかける。

「そうだったんだ」

エリはこくんと頷いて口を開く。

「いつぶつけたらいいのかなって、ドキドキしちゃった……」

胸を押さえて大きく息を吐くエリに、出久がパッと笑顔になる。

「ありがとう。エリちゃんに救けられた」

その言葉にエリがパァッと笑顔になる。

「………………」

爆豪はそんなエリを見ながら、今までの様子を思い返していた。

怯えたように隅で縮こまっているときも、自分の一挙手一投足にビクついていたときも、いつ豆をぶつけようかとずっと考えていたのだと気づく。

「……お前」

爆豪はエリに近づく。ビクッとしたエリが恐る恐る爆豪を見上げた。

「――なかなかやるじゃねえか」

怒られるかもしれないと体を強張らせていたエリが、思いがけない言葉に「え……」と目を丸くする。

「ただおとなしく捕まってる人質より、よっぽどマシだわ」

フンと鼻を鳴らす爆豪に、出久も目を丸くする。それからきょとんとしたままのエリに、興奮気味に言った。

「エリちゃん! かっちゃんが褒めるなんて、めったにないことだよ!」

「そう……なの?」

「うん！　エリちゃんが、がんばったからだね！　すごいよ！」

エリがチラリと爆豪を見る。爆豪はチッと舌打ちした。

「褒めてねえ、ただ思ったこと言ったまでだ」

エリはそんな爆豪の横顔をみつめ、少しだけ表情を和らげた。


迎えに来た13号とともにエリが帰ったあと、相澤がA組全員を前に総評を述べていた。

「……結果は桃太郎チームの勝ちだが、全体的に作戦の粗さ、ムダが目立つな。時間がないなかで、いかに素早く合理的に作戦を立てるかも重要だぞ。わかったな」

「はい」と神妙に頷くA組の面々。相澤は生徒たちを見回したあと、爆豪を見据えた。

「それと、爆豪だけの特別課題だが……エリちゃんによる爆豪の印象は、授業前よりよくなったそうだ」

「……あ？」

爆豪がぽかんと顔を上げる。

「最後に褒めてくれたのと、怖かったけれど一生懸命鬼役をやっていたから、だそうだ」

エリの感想に上鳴がプーッと吹き出す。

「一生懸命鬼役って、素でやってたんじゃねえの⁉」

「うるせえ！」

爆豪が怒鳴る前で相澤が続ける。

「……ま、特別課題は及第点だ」

その言葉にA組の面々がそれぞれ安堵した。切島が爆豪の肩にガシッと腕を回す。

「よかったな、爆豪！　どうなることかと思ったぜ！」

「うんうん、俺も委員長として嬉しいぞ！」

「泣いた赤鬼作戦、私も混ざりたかったぁ～」

飯田の言葉にお茶子が続ける。爆豪の周りにわいのわいのとみんなが集まってくる。爆豪はそんな周りに顔をしかめて盛大に叫んだ。

「うっとうしいんだよ、てめーら！」

そんな爆豪の怒号にも、A組は慣れた様子でわいわいと続ける。

「――仲よしか」

渡る世間に鬼はなし。

そんな光景を見ていた相澤があきれたような、けれど、どこか嬉しそうな声で言った。

Part.2

本命は誰のもの!?

二月は一番寒さが厳しく、かつ一番短く過ぎる冬の幻のような月だ。

そんな幻のような月の中旬に、妙に浮かれたイベントがある。二月一四日、バレンタインデーだ。キリスト教では恋人たちの日として互いに贈り物をする習慣があるが、なぜかここ日本では製菓会社が仕掛けたキャンペーンが定着し、女性が男性にチョコレートとともに愛を告白する日となっている。だが、それも次第に形を変え、義理チョコ、友チョコなど日頃の感謝、友情などの証としてチョコレートを贈ったりしている。

歴史は浅いが、定番化したということは需要があるということ。愛を伝える習慣があまりない日本人にとっては、都合のいいイベントなのかもしれない。

そして、ここ雄英高校A組の寮のキッチンでもイベントに乗じていた。

キッチンに漂うのは甘い甘いチョコレートの香り。近くのスーパーで大量買いしてきた業務用チョコレートを湯煎している。固形だったチョコレートが、お湯に暖められボウルのなかで滑らかに溶けて光沢のあるドロリとした珈琲色の液体に変わっていく。チョコレートを混ぜていたお茶子は、自分の手に飛んだチョコレートをペロッと舐めて味見した。

「ん〜まい！」

　至福の顔でそう言ったお茶子に、ボウルを押さえていた梅雨が「お茶子ちゃんたら」と笑う。同じように近くで湯煎中のチョコレートを混ぜていた芦戸も、ヘラからチョコレートを手に滴らせて味見をする。

「うま〜!!　これこのまま飲みたいっ」

「わたしも味見ー！」と言う葉隠のボウルを押さえていた透明な手の甲に「ほれほれ」と芦戸がチョコレートを垂らす。葉隠が味見して「おいし〜！」と言う近くで、湯煎を中断した八百万がスプーンを二本、手に取った。

「皆さん、お行儀がよろしくないですわ。テイスティングはスプーンを使わなくては……さ、耳郎さん」

　そしてチョコをすくい、耳郎に渡す。少し驚いたように「ありがと」と受け取った耳郎とともに味見をし、頬を緩ませる。

　その様子をあきれたように見ていた砂藤が言った。

「お前らなぁ、さっきも言っただろー？　テンパリングがチョコレートの味を左右すんだって。温度調整しっかりやれよ」

　その声に女子たちはいっせいに姿勢を正し「はいっ、すいません、先生！」と謝る。

SMASH
MY HERO ACADEMIA
僕のヒーローアカデミア

砂藤はA組一お菓子作りが得意なので、今日はパティシエとして女子たちとチョコレート菓子作りの指導をしている。指導とはいっても、砂藤も作るのが好きなので、みんなでわいわいと作っているだけなのだが。

「ちゃんと混ぜる！　美味しいチョコ食べたいもん」

「みんなにも食べてほしいものね」

「……だね！」

葉隠と梅雨の言葉に、お茶子は心に浮かんだ出久の存在を胸の底にしまって笑顔で応える。

主に峰田や上鳴など一部男子からのバレンタインデーのチョコレートくれくれ圧があったのもあり、どうせならみんなで食べようという話から作る流れになったのだ。話を聞いたほかの男子たちもなんやかんやで楽しみにしているようだ。

期待には応えたくなるのが、ヒーロー志望者の性。そしてなにより、一人では作れなそうなチョコスイーツを堪能できるのは単純に楽しみだ。

「それにしても、素晴らしいイベントですわね！　友人同士でチョコを贈り合うなんて」

再びチョコレートを溶かし混ぜながら八百万が少し興奮気味に言う。八百万は友チョコのことをつい最近、みんなに教えてもらったばかりだった。そして、せっかくなら友チョ

コを女子同士で交換しようということになった。

「ねー！　なんか男子にあげるより気合い入っちゃうよね！」

同意する葉隠に耳郎もボウルを押さえながら頷く。

「中学のときも気合入ってる子いたなぁ。あれ、なんでだろうね？　不思議」

「女の子はチョコを作る子が多いからじゃないかしら？　手間がかかるって知ってくれているから、丁寧にちゃんと作りたくなるのよね」

「それだ」と納得するお茶子に、砂藤も頷く。

「わかるぜ。手間かけたものを一口で食われると、手間が走馬灯のように過ぎ去っていくんだよな。でもまぁうまいって食ってくれりゃ嬉しいんだけど」

日頃、砂藤は手作りしたスイーツをみんなに振る舞っている。そのときの男子の様子を思い返しているのか渋い顔になったのを見て、八百万も頬に手を当て少し悲しそうに言った。

「わかりますわ……。バランスを考えブレンドした紅茶なのに、うまいという一言だけの感想だと一抹の寂しさがあるというか……」

八百万も砂藤のスイーツと一緒にみんなに紅茶をふるまっている。

「主に、切島くん、轟くん、上鳴くんだね！」

葉隠が無邪気に言う。この三人の感想は主に「うまい」だけだった。切島は漢らしく「うまい!」で、轟は率直に「うめえ」で、上鳴は単純に「なんかうまい!」だった。耳郎が続ける。

「その点、緑谷の食レポは完璧……というか、少し長すぎるくらいか?」

「いや、味の感想は長すぎるくらいほしい!」

「同じくですわ!」

完全同意した砂藤と八百万が頷き合う。

「緑谷は細かいところまで分析して気づいてくれるんだよな。こないだケーキにメープルシロップ使ったんだけど、俺がコクを出すために使ったことを言い当ててくれたんだよ」

「緑谷さん、最初は紅茶の違いにあまり詳しくなかったみたいでしたが、回を重ねるにつれて気づいてくれるようになってきて……淹れがいがあるというものですわ」

「あぁ、俺も食べさせがいがあるぜ」

満足げに微笑む二人に、葉隠が「あ」と思い出したような声をあげる。

「そういや爆豪くんも、たまにしか食べないけどわりと感想言ってくれるよね?」

すると、砂藤と八百万の顔からスッと笑顔がひいた。そして真剣な顔になる。

「爆豪はな、なんか鋭いんだよ……。こないだちょっとだけ……ほんとうにちょっとだけ

焼きすぎたケーキに気づいたんだよ。なんか前よりパサついてんなって……」

「私も……ほんの少しだけ蒸らしすぎた紅茶を、前のより渋いとお気づきになって……。以前は違いに気づいてくれるのが嬉しかったのですが、爆豪さんには、まるで採点されているような気になるのですわ……」

「わかるぜ……！」

どんなことにも才能を発揮する爆豪は、味の違いにも厳しい男だった。八百万と砂藤は、今度はまるで同志のようにわかり合う。

「やっぱり、美味しいっておっしゃってくれるだけで、ありがたいですわね……」

「あぁ、そうだな……」

「砂藤ちゃん、テンパリングは？」

すっかり飲食物についての感想談議に浸っていた二人に梅雨が声をかける。砂藤が「おっ、悪い！　続けてくれ」と再び作業が開始された。砂藤が慣れた様子でチョコを混ぜる近くで、八百万が思い出したように言った。

「そういえば、最近、峰田さんも丁寧な感想を言ってくれるようになりましたわ」

峰田の名前に、ほかの女子たちが反応する。

「ヤオモモ、それは下心だよ」

「そっ！　チョコが欲しいからだよ！」

耳郎と芦戸の言葉に八百万がきょとんとする。

「もしかして本命チョコを？」

「絶対そう！」と女子たちが声を揃える。

女子たちが反応するほど、ここ最近の峰田はあからさまに変わった。

いつも隙あらば下ネタをぶつけてくるのに、頭でも打ったのかと思うほど妙に親切に女子に接してくる。ふだんの峰田を知っている者からすると、それは奇妙このうえないものだったが、本人はまるで生まれたときからずっとこうでしたと言わんばかりの態度なのだ。

それもこれも、バレンタインデーというイベントが控えているからだ。

女子にとってバレンタインデーが告白の日だとすれば、男子にとっては告白される日。

つまり、モテるかモテないかを明確にされてしまう日でもある。

峰田はモテたいのだ。モテたくてモテたくて、あぁモテたくてモテたくてしかたないのだ。

「まぁまぁ……峰田の気持ちもわかってやってくれよ」

砂藤からすれば峰田の行動は潔いほどわかりやすい。ある意味、とてもかわいいのだが、ふだん下ネタをぶつけられている女子たちからすれば、そんな気持ちはわかりたくもない。

「本命チョコが欲しいなら、ふだんの態度を改めてもらわないとですわね」

「下ネタ禁止！　まずそこからだね！」

そう言う八百万と葉隠に、女子たちが頷く。

モテたいと必死になる人ほどモテないのは世の理だ。

苦笑するしかない砂藤と女子たちは、峰田を話のタネにしながらチョコレート菓子を作っていく。定番のトリュフチョコレート、クッキー、アイスなどから、ガトーショコラ、フォンダンショコラ、ザッハトルテなどの本格的なチョコレートケーキも徐々にできあがっていった。

「よし、あとは冷やしてからだな。夕飯の前に仕上げようぜ」

砂藤は仕上げを残し、ケーキなどを冷蔵庫に入れる。

「休憩しよ～」

耳郎たちが作業で固まった体をほぐすように伸びをしてキッチンを出ていく。最後尾のお茶子が何やら材料を見直している砂藤に気づいた。

「あれ？　砂藤くん、休憩しないの？」

「おう、ちょっとな」

キッチンを出た女子たちは、なんとなく外に出ることにした。思えば、ずっと甘いチョコレートの香りを嗅いでいたので、新鮮な空気を吸いたくなったのだ。

　玄関を出ると、冷たい冬の空気に包まれた。暖房のきいていた室内との温度差に思わず身震いするが、新鮮なヒヤリとした空気を吸いこむと体がシャキッと目覚める気がする。

「ねえ、あそこの木ってたしか、桜だったよね？」

　葉隠が少し離れた場所に見える並木を透明な指先でさす。袖の方向でそれに気づいたお茶子たちがそれぞれ頷いた。

「たしかそうだった。入学したとき、きれいだなーって思った気がする」

「うわ、なんかもう懐かしい」

　思い出すようなお茶子の言葉に、耳郎が少し驚いたように言う。八百万がしみじみと呟いた。

「あともうちょっとで一年たつんですのね。歳月不待ですわ」

「さいげつふたい？」

　首をかしげる芦戸に八百万が説明する。

「年月は人の都合など関係なくあっというまに過ぎてしまうので、時間を大切にという教えですわ」

「わかるー！　ほんと、時間って待ってくれない！　テスト前日の勉強時間とか！」

「相澤先生へのレポート提出締め切り前とか！」

切実な具体例をあげる芦戸と葉隠に、他の女子たちも苦笑しながら同意した。

梅雨が言う。

「一日一日はとても濃いけれど、過ぎてしまうと早く感じるのは不思議ね、ケロ」

「桜が咲いたら、私たちもう2年生だよ⁉」

梅雨の言葉に、ひゃあと芦戸が驚く。耳郎が少しニヤリと笑（え）んで芦戸を見て口を開いた。

「サプライズで進級試験とかあったりして」

「ええっ⁉　やめてぇ～！」

愕然（がくぜん）とする芦戸に縋（すが）るように揺さぶられて、耳郎が「冗談だって……！」と苦しそうに返す。

「ねえねえ！　桜が咲いたら、みんなでお花見やろーよ！」

パッと思いついたような明るい葉隠の声に、みんながそれぞれ「いいね」と即座に返事をした。お茶子の目がキラキラと輝きだす。

「お花見っていうと、お弁当？　おいなりさんに、おにぎりに、ちまきに……」

「お茶子ちゃん、お米好きねぇ」

「大好き！」

梅雨に満面の笑みで応えるお茶子。葉隠が言う。

「あと、からあげとかでしょー。お菓子もいっぱい買ってこよ!」

「お花見のスイーツってなに? また砂藤くんと作ってもいいよね」

ウキウキと提案した芦戸にお茶子が反応した。

「桜餅(さくらもち)!」

「また米だ!」

笑ってツッコむ葉隠の近くで八百万も笑う。

「花より団子ですわね」

「そうだ、お団子も忘れちゃいけないよね!」

興奮で鼻息が荒くなるお茶子に、みんなが「また米!」と楽しそうに笑った。

「すぐにでもお花見したくなってきちゃった」

照れたように笑うお茶子に梅雨が言う。

「そうね。でも今日はまずバレンタインデーのチョコを楽しみましょう」

「美味しいチョコになってるといいねぇ」

白い息を吐きながら、待ちきれないようなお茶子に耳郎が続ける。

「だねー。そういえば友チョコの交換ってどうやってやる?」

「厳正なくじ引きなどどうでしょう？」

「あ！　くじ引きもいいけどさ、音楽かけてる間チョコ回してって、止まったときに自分が持ってたってヤツは？」

八百万と芦戸の言葉に梅雨が笑う。

「お楽しみ会とかにやる方法ね、ケロ」

「あれ、ドキドキして楽しいよね！」

「私、やったことないのですが……楽しいのであれば、そちらにしましょう」

「じゃあ、それで！」

芦戸がそう言う近くで、葉隠が自分のおなかを撫でる。

「夕飯は軽めにしよー。チョコいっぱい食べたいもん！」

「いや、デザートは別腹やろ？」

真顔で言ったお茶子に芦戸が「別腹別腹ー！」と同意する。そんな二人に背中を押されたように「そうだよね！」と葉隠も意気ごむ。ほかの女子たちが微笑ましく見ていたそのとき、そっと近づいてきた一人の眼鏡をかけた女子に「あの……」と声をかけられた。

「あの……あの……」

全員、見覚えのない女子だった。小さめのかわいい紙袋を手に、顔を赤くしてもじもじしている。その様子に、八百万が代表して声をかけた。

「あの、何かご用でしょうか?」

「あっ……あの、これ……A組の王子様に渡してください……っ!」

眼鏡女子はそう言うと、持っていた紙袋をなかば強引に八百万に渡してダッと駆けていってしまった。

「え?」

何が起こったのかと、思わず全員で顔を見合わせる。

「A組の王子様??」

「どういうこと?」

お茶子と梅雨がきょとんとする横で、唖然としていた芦戸の目が突如キラーンッと光った。

「それは本命チョコだよ……!!」

ポカンとするお茶子たちの前で、芦戸が「失礼」と紙袋を覗く。

「ほら、やっぱり!」

続いてほかの女子たちも紙袋を覗く。そこにあったのは、かすかにチョコレートの甘い香りがする、かわいらしくラッピングされたプレゼントらしきものだった。

「ほっ、本命チョコ……！」

その威力に驚愕していた女子たちだったが、ハッとして眼鏡女子を探す。しかしもうとっくに駆け去ってしまっていた。

「ど、どどどどどーしよう⁉」

「A組の王子様に渡してくださいって……⁉」

あわてる葉隠とお茶子たちに、芦戸が興奮気味に言った。

「みんな、落ち着いて‼　あの眼鏡女子はきっとずっとここでA組の王子様に会えるのを待ってたんだよ！　ピンポン押す勇気も出なくて、でもあきらめきれなくて……そんなとき、寮から私たちが出てきたから、必死でお願いしてきたんだよ……‼」

芦戸の言葉に、ほかの女子たちがその場面を想像する。

告白にドキドキしている眼鏡女子。きっと何日も前から眠れないほど緊張していたに違いない。チョコレートを作りながら、大好きなA組の王子様が甘いもの嫌いじゃないといいな……などと心配しながら想いを込めたチョコレートが今、ここにある。

「はわー！　恋だ！」

「心なしか、さっきより重く感じますわね……」

「なんか照れる……まぁもしかしたら買ったものかもしれないけど」

「既製品でもきっとずいぶん悩んで選んだんでしょうね、ケロ」

それぞれ感慨深く本命チョコを見ている面々に、芦戸が言う。

「そんなチョコを託されたんだよ……。これはもう協力するしかなくない!?」

瞳をランランと輝かせる芦戸に、ほかの女子たちもそれぞれ頷く。

「そやね！　人の恋路は応援せんと！」

気合を入れるお茶子。八百万が困ったように言った。

「しかし、A組の王子様というのはいったい誰なんでしょう?」

「あ、中にメッセージカードある！　見たらまずい……?」

伺いをたてるように葉隠が言うと芦戸が「ん〜」と悩んでから言った。

「でもこの場合、しかたない。名前書いてあるかもだし」

「んじゃ、失礼して……」

女子たちは入れられていたメッセージカードをそっと開いた。文面は簡素なものだった。

『A組の王子様へ　あのとき救けてくれてありがとう』

「うう〜ん……」

女子たちは困ったように眉を寄せる。ほとんど何の情報もない。それでもわずかなヒントは、眼鏡女子はA組の王子様に困ったところを救けられたことがある、ということだ。

「A組の王子様ねえ……」

「本人に訊けたらすぐわかるんだけど」

考えこむ耳郎の近くで梅雨がそう言うと、葉隠が口を開く。

「あの人、1年じゃないっぽいよね？　同学年ならわかると思うし」

「じゃあ2年か3年か～……えっ、先輩女子が後輩男子に告白……？　ひゃあ、なんかすごくない……!?」

目を輝かせた芦戸の言葉に、女子たちもハッとした。

違う学年ともなれば接点は格段に少ない。それを乗り越えて告白しようとしているのかと、女子たちは想いを馳せる。

障害があればあるほど燃えるのが恋だ。そしてそれは、傍から応援する者もなぜか燃えあがる。

「すごい……！　これは絶対にチョコを渡さないとだね！」

興奮気味の葉隠の言葉に、お茶子たちもうんうんと激しく同意した。

「それでは、A組の王子様をみつけなくてはいけませんわね。でもいったい、誰なんでしょう……？」

八百万の言葉に、女子たちは改めて考えこむ。

（……え、まさか……？）

お茶子はパっと浮かんだ顔に、思わず焦るが、それとこれとは別だと頭を振って心の蓋に重しを乗せた。

「麗日……？　もしや今……？」

それに目ざとく気づいた芦戸に、お茶子は顔が見えなくなるほどブンブン首を振る。

「ちゃうねん……！　ちょっと虫がいただけ！」

「ほほう……？」

「お茶子ちゃん、そんなに振ったら首が飛んでっちゃうわ」

心配そうな梅雨に止められ、顔を振りすぎたお茶子がクラクラしている横で、葉隠が言った。

「王子様っぽいというと〜……やっぱり轟くんじゃない!?」

挙げられた轟の名前に、みんなが「あぁ〜」と納得の声をあげる。

涼やかに整った面立ちは、確かに王子様を連想させるものだった。その証拠に、爆豪と一緒に仮免取得直後に敵を捕まえニュースのインタビューを受け、カッコいいと話題になったりしたらしい。

「轟さんならありえますわね」

八百万が深く頷く。その隣で耳郎が思い出したように言った。

「見かけだけなら、青山もけっこう王子様っぽくない？」

その言葉に、ほかの女子たちから「あぁ〜」とまた納得の声があがった。

キラキラの目にサラサラの金髪。優雅な身のこなしは王子様に見えないこともない。

「青山くんもありそう！」

葉隠が頷く。ほかの男子を思い浮かべるが、王子様っぽいとなるとこの二人に絞られた。

「んじゃ、とりあえず轟と青山に当たってみるということで！」

「あくまで本命チョコのことは伏せて、A組の王子様だと確信できたら渡そう」

そう言う芦戸と耳郎にお茶子が頷く。

「そやね。あの眼鏡女子先輩もきっとバレたくないやろし」

「それで、肝心の二人ってどこにいるのかしら？」

首をかしげる梅雨に、葉隠が元気よく目の前の寮を指さし言った。

「青山くんなら、部屋にいるんじゃない？　さっき、チーズ持ってエレベーター乗ってた！」

「ノン！　僕じゃないよ☆　眼鏡女子を救けた覚えはないから」

チーズをくわえながら答えた青山に、女子たちは轟に的を絞った。だが、部屋にはおらず、どこかに出かけているようだった。

そこで女子たちは再び外へ出て、轟はジョギングでもしているのかもしれないと、ちょうどいいコースがある森林地区方面へ向かって歩き始めた。

どこかのんびりとした休日の敷地内は、生徒たちがトレーニングや散歩などして、それぞれ自由に過ごしている。

「でもさー、王子様っぽいってなんなんだろうね？　フリルが似合いそうとか？」

耳郎のふとした疑問に、女子たちはそれぞれ考える。

「ピラピラしてるのが似合うとか？」

「高貴っぽい？」

「バラが似合う？」

そんな感想を聞いていた芦戸がふと立ち止まり、真剣な顔でハッとする。

「ちょっと待って……、私、間違ってたかもしれない……！」

「どういうこと？」

お茶子に訊かれ、芦戸はいたく真剣な顔でみんなに向かって力説する。

「A組の王子様っぽい人じゃなくて、あの眼鏡女子が言ってるA組の王子様っていうのは、眼鏡女子にとっての王子様ってことでしょ⁉　つまり、容姿は関係ないんだよ！　だって、好きになったら、その人が王子様ってことでしょ……⁉」

お茶子たちが「確かに……‼」とハッとする。

「少女漫画でも、好きになったとたんにその人がキラキラ輝いて見えるじゃん‼　あれだよ……！」

まだ恋をしたことがない芦戸の恋愛の教科書は少女漫画だった。そして少女漫画はドラマチックなフィクションではあるが、キラキラに隠された泥臭い感情がベースになっている。常々、フィクションの中には、多大なるノンフィクションが含まれているのだ。

恋した人が輝いて見えるのは自然現象。それはつまり、確認した青山を除くA組男子全員が眼鏡女子の本命チョコの相手の可能性があるということを示していた。

八百万が神妙に首を振った。

「私たちが間違っていましたわ……。恋とは心の目で相手を見ることなのですね……」

「こうなったら、全員に訊くほかないいね！」

葉隠の言葉にお茶子たちが頷く。

こうして改めて女子たちはA組男子を探して歩きだした。少しすると、向こうから歩いてくる上鳴と峰田がいた。女子たちは目を見合わせる。あくまでも本命チョコのことは伏かないのだ。

せて訊く。とくに、チョコが欲しいと圧をかけてくる二人なので口を滑らせるわけにはい

「おー！　みんなでどっか行くの？」

女子たちに気づいて、嬉しそうに声をかけてくる上鳴。その横で峰田が「おっ……」と改まったように渋い表情を作って言った。

「……寒いから、風邪ひかないようにもっと厚着しろよ……？」

ふだんと一八〇度違うが、下心スケスケな峰田の言動に、女子たちは薄目で対応する。しらじらしいが、万に一つでも眼鏡女子の本命の可能性があるかもしれないのだ。

「あのさ、二人に訊きたいんだけど……ここ最近、いや、少し前とかでもいいんだけど、眼鏡かけた先輩女子を救けたりしたことない……？」

さりげなく訊いた耳郎に上鳴と峰田が首をかしげる。

「眼鏡女子ぃ？　いや～、ないけど」

「オイラもないな……。それがどうかしたのか……？」

「あー、いやその、A組の男子に救けられたって女の子がいてさ、ちょっと探してるんだよね」

「そういうことなら、オイラも探すの手伝ってやるよ……」

妙にカッコつけた峰田に女子たちは、この二人はないな、と確信した。「気持ちだけで大丈夫」と丁寧(ていねい)にしっかりとお断りする。すると上鳴がソワソワしたように訊いてきた。

「なーなー、チョコあんの？」

「いっぱいあるよー。ケーキにプリンにトリュフチョコに……」

「やー、そういうんじゃなくて、こうバレンタインっぽいチョコ！」

「はぁ？」

「だってバレンタインじゃん！　バレンタインには女の子からいっぱいチョコ欲しいじゃん！　両手で抱(かか)えきれないくらいの！」

素直な上鳴のおねだりに、耳郎たちがあきれたそのとき、後ろから「あ！　いたー！」と声がした。振り返ると数名の女子たちがラッピングされたチョコレートらしきものを持って笑顔で近づいてくる。

「え、まさか、俺に……？」

「いや、俺に……？」

上鳴と峰田が期待に胸を高鳴らせる。だが、1年他科らしき女子たちがチョコレートを差し出したのは耳郎だった。

「へ？　あたし……？」

「耳郎さんの歌、すっごくカッコよかった！」

「すっかりファンになっちゃった」

「だからもらってー！」

「あ、ありがと」

耳郎がチョコレートを受け取ると、女の子たちは嬉しそうに去っていった。

「……いや、お前がもらうのかよ‼」

悔し涙を浮かべながらツッコむ上鳴の向かいで、八百万が「耳郎さんの歌声は素晴らしかったですわ」と思い出したように深く頷く。お茶子たちにも「うんうん」と頷かれて、耳郎は「ヤメテ」とわずかに顔を赤らめた。梅雨が「耳郎ちゃん、少し持つわ」と耳郎が持っているチョコレートを手にしたそのとき、喉から手が出るほど羨ましい光景を目にした男の化けの皮が剝がれようとしていた。

「チョコ……チョコ……チョコ……」

「峰田くん……？」

「……そのチョコを寄こしやがれー‼」

化けの皮が剝がれた峰田が、血涙を流しながら耳郎のチョコめがけて飛びかかる。

「なっ……⁉」

驚く耳郎。梅雨が舌を伸ばし、峰田を拘束した。

「なにするの、峰田ちゃん」

「……うるせえ～！　なんでオイラじゃねーんだよ⁉　ここ一週間、親切にしまくってたのに～!!!」

さっきの耳郎の光景がよほど羨ましかったのか、あるいは、下ネタを封印した一週間がよほどストレスになっていたのか、峰田の精神に限界がきたのだ。そして、限界がきた人間ほど怖いものはない。世間体も、プライドもかなぐり捨てて向かってくるからだ。

「チョコをよこせぇ～!!!」

そう言って峰田は頭のもぎもぎを女子たちに向かって投げ始めた。

「ちょっ、峰田くん⁉」

峰田のもぎもぎはくっついたらしばらく取れない。梅雨が思わず舌をひっこめたのを逃さず、峰田はさらにもぎもぎ攻撃を繰り出した。

「アシッドベール！」

芦戸が出した酸で、もぎもぎを防ぐ。「おい、峰田どした⁉」と上鳴も止めようとするが、当の峰田はもはや人ではなく、チョコを求めるチョコゾンビのようになっていた。

「チョコをよこせ～……!!」

その鬼気迫る顔に、女子たちは総毛立った。

チョコレートとはこれほどまでに人を変えてしまう魔性の嗜好品なのか。いや、チョコレートにそこまで執着する意味がわからない。まったくわからない。

理解できないものを、人は本能的に恐怖する。

「お前ら、俺が止めてるうちに逃げろ……！」

上鳴が身を挺して峰田を押さえながら、女子たちに叫ぶ。

「上鳴⁉」

驚く耳郎に、上鳴がカッコつけようとサムズアップする。とたんに峰田に逃げられた。

「ウエッ？」

「アホ！」

その間に八百万が創造した捕獲用の網を、峰田に向かってバッと投げる。網にからみ取られた峰田だったが、その網を被ったまま女子たちに向かってこようとする。

「チョ～コォ～……‼」

「ヒィッ」

それでもチョコを求めてくる峰田の姿に、お茶子が思わず悲鳴をあげる。とにかくチョコゾンビと化してしまった峰田から逃れたい一心で、女子たちはダッと駆けだした。

「峰田くんヤバイ！」

「人ならざる者でしたわ……！」

女子たちは恐怖にかられるまま逃げて、いつのまにか校舎の近くへやってきていた。後ろを振り返るが、網と上鳴が足止めしてくれているのか、峰田が追ってくる様子はない。

ホッと息を吐く女子たち。そこに声がかけられた。

「なんかあったのか？」

そこにいたのはB組の回原旋だった。一緒に円場硬成、黒色支配もいる。

女子たちは目を合わせてから、ごまかすように苦笑を浮かべた。代表して八百万が「いえ、ちょっと……」と答える。

チョコゾンビと化してしまった峰田だったが、それでもクラスメイトだ。A組の恥をさらすわけにはいかない。

思い出したように梅雨が向かいにいた円場に言った。

「あ、そうだ。A組の男子をみかけてないかしら？　今、探してるのよ」

「え、男子？　なら、少し前に轟が校舎に入ってったの見たけど……」

少しドキマギしたように答えた円場に、梅雨は「ケロ、ありがとう」と笑顔で返す。そして、女子たちは校舎のほうへと向かっていった。

残された回原と黒色は、少し名残惜しそうに梅雨の後ろ姿を見ている円場を見て、ニヤニヤしている。

「……円場、お前、蛙吹からチョコもらえるかもって思ったろ？」

からかう回原の口調に、円場が拗ねたように顔をしかめて叫んだ。

「……思ったよ!! 義理チョコ配ってんのかな？ 俺にもくれんのかなってぇ！」

「バレンタインデーになんか持ってる女子に近づかれたら、ムダにドキドキするよな」

回原が少し同情するように同意する横で、黒色がいじわるく笑う。

「ケヒヒ、暗黒の日に期待する愚者……」

それに円場がムッとして返す。

「黒色、お前だって、さっき小森にそわそわしながら声かけてたじゃねえかっ」

「ッ……、朝の挨拶したまでだ」

「本当は？」

回原にきりこまれ、黒色は悔しそうに顔をしかめて口を開く。

「……期待した」

「ほらみろ！」

黒色の本音に円場が得意げになる横で、回原が気づいたように言った。

「つーか、A組はみんなでバレンタインやんのか？」

「いーなー。うちの女子は、チョコ食いたきゃ勝手に食えって感じだしな」

羨ましそうな円場に、回原が応える。

「いや、どこのクラスもそんなもんみてえだぞ。まー、金も手間もかかるしな」

「確かに。もらったらもらったでホワイトデーが面倒か」

「同意」

だが、少しの沈黙のあと回原が全員の本音を吐露した。

「……でも、もらえるもんならもらいたい……！」

「ちくしょう、イベントに踊らされてるよ‼」

円場の絶叫に、近くにいたほかの生徒たちがギョッとする。三人は気まずそうにその場を離れた。

「……自販機でココアでも飲もうぜ」

「甘いの飲みてえ」

回原の提案に頷く円場の隣で黒色が「俺、ブラックコーヒー」と言う。

「「ブレねーなー」」

三人は笑いながら自販機へと向かった。

B組の男子にそんな会話をされているなど露知らず、女子たちは轟を目当てに校舎へと向かっていた。その途中、トレーニング中の切島と瀬呂と、ウサギの結ちゃんを散歩させていた口田に会ったが、三人とも心当たりはない様子だった。

そして、少し歩いたところにほかのクラスの女子たちからチョコレートを渡されている常闇、障子、尾白がいた。

女子たちは、思わず近くの木陰に身を隠す。

「わぁ！　三人ともチョコもらってる！」

「モテモテじゃん……！」

「とくに尾白くんがすごい……！」

お茶子と耳郎と葉隠が興奮したように言う。

尾白がダントツで多くチョコレートをもらっている。しかし、よく見ると、そのチョコレートはどれもこれも小さいものばかりだ。女子たちの耳に、チョコレートを渡す女子たちの声が聞こえてくる。

「こないだありがとー」

「ちょこっとだけど食べてね」

「あ、お返しはいらないから」

尾白たちがもらっているのは、全部義理チョコだった。

「さっきからなんで隠れているんだ？」

最初から気づいていた障子に言われ、女子たちはちょっと恥ずかしそうに近づく。お茶子が頭を掻きながら声をかけた。

「いやあ、みんながチョコもらってたから、ついつい！」

「これが義理チョコというものなんですのね……」

興味深そうにチョコレートを見る八百万に、尾白は照れ臭そうに言う。

「落としたもの拾った子とか、傘貸した子とかからもらっちゃってさ」

そんな様子に、葉隠、障子、常闇が言う。

「尾白くん、普通に親切だもんね！」

「あぁ、尾白は普通に優しい男だ」

「そうだな、尾白は普通に人格者だ」

うんうんと頷く三人に、尾白は照れながらも困惑する。

「なんでみんな、普通なしで褒めてくれないの……？」

すると常闇のなかから黒影(ダークシャドウ)が出てきて楽しそうにしゃべる。

「尾白は普通王だからダロー!?」

「なに、普通王って……」

「普通のなかの普通！　最強の普通ー！」

「いや、褒められてる気がしない……」

落ちこむ尾白に、葉隠が「う～ん」と考えながら言う。

「じゃあ普通をとって～……わかった！　義理チョコ王だ！　どう!?」

ノリのいいお茶子と芦戸が「よっ、義理チョコ王！」と囃(はや)し立(た)てる。それに合わせて黒影(ダークシャドウ)も「義理チョコ王に俺もナルー！」と叫んだ。尾白が釈然(しゃくぜん)としない顔で言う。

「いや、褒められてる気がしない」

そのときだった。

「チョ～コォ～……!!」

地の底から響く悪魔のような声に、女子たちが「ヒッ」と震えあがる。

いつのまにかチョコゾンビ峰田が、大量のチョコレートの匂いを嗅ぎつけてやってきて
「チョコの匂いはそこかー！」

いた。ちなみに必死で止めていた上鳴は、もぎもぎと網にからめとられて動けなくなって

いる。

「峰田⁉　いったいどうし……わああ⁉」

一番たくさんチョコを持っていた尾白に襲いかかる峰田。だが、そのあからさまな義理チョコパッケージを見て興味を失ったようにケッと吐き捨て、ふと何かに気づいたようにクンクンと鼻をひくつかせた。

「いったいなんなの……」

よくわからないまま吐き捨てられた尾白が呆然とする前で、峰田が呟く。

「濃いチョコの匂いがする……」

そして匂いをたどるようにフラフラと歩きだした。恐怖にかられていた女子たちだったが、峰田の行方が気になり、障子たちと一緒にあとをそっとついていく。

「チョ〜コォ〜……チョ〜コォ〜……」

そしてたどり着いたのは校舎裏だった。

「爆豪く……！」

お茶子が思わず声をあげそうになり、自分で自分の口を手でふさぐ。そこにいたのは他科の女子を前にした爆豪だった。

「あのっ……言わなきゃいけないことがあって……」

他科女子はチョコレートが入っているような紙袋を手にしている。他科女子の真剣な様子に、隠れてみていたお茶子たちは無言で視線を交し合い、興奮する。

バレンタインデーの告白だ。

「マジか」

「うわーうわー……！　告白だ……！」

「猛者だな……」

小声で驚く耳郎と大興奮の芦戸、そして常闇がシリアスに呟く横で、峰田が小刻みに震えだした。

「本命チョコ……許っ羨……!!」

チョコは欲しいがもらっているヤツは許せない。そんな欲望と憎しみが峰田を悲しきチョコゾンビにさせてしまったのだ。今にも爆豪に飛びかかりそうな峰田。だが、真剣な告白の邪魔になってはいけないと、障子が峰田を確保し、その隙に八百万が創造したバンドで拘束し、ハンカチで口を塞いだ。

「むぐー」

「すみません、峰田さん……」

申し訳なさそうに謝る八百万。しかし、こうでもしないと悲しきチョコゾンビが暴走し

てしまうのだ。人目につかない木の陰に峰田を横たえたとき、後ろから声がかけられた。

「みんな、こんなところでどうしたの？」

「珍しい虫でもみつけたのか？」

「デクくん！　飯田（いいだ）くん！」

また自分で自分の口を塞ぐお茶子たちに、ジョギング終わりで通りかかった出久と飯田がきょとんとする。するとほかのみんなは「シーッ」と指に口を当て、最前列へと二人を呼んだ。

「爆豪くんが告白されるかも……！」

「何の告白だ？」

「バレンタインデーなら、愛の告白しかないでしょーが……！」

「な、なんと……！」

お茶子と芦戸から言われ、飯田が愕然（がくぜん）とする。みんなが息を呑（の）んで告白を見守るその前で、他科女子が意を決したように叫んだ。

「──あの！　開（あ）いてます……！」

「あぁ？」

「だから、ズボンのチャックが！　開いてます！」

指をさされた爆豪のズボンはチャックが全開だった。

「それじゃ、私は彼氏と待ち合わせしているのでこれで」

他科女子は安堵したような顔で、パッと立ち去っていった。

爆豪がチッと舌打ちしておもむろにチャックをしめるその後ろで、面々は顔をしかめ吹き出すのを必死にこらえていた。

「っ……いや、本当に告白かと思ったよ……」

そういう尾白に出久が言う。

「っ……意外かもしれないけど、かっちゃんはバレンタインデーに一個もチョコをもらったことがないんだ」

「マジで？」

驚く芦戸。出久が続ける。

「小さい頃から女の子にも容赦なかったから。おばさんにも優しくしなって怒られてたんだけど、それでよけいに女なんかめんどくせーって感じになっちゃって、たしか義理チョコも一個ももらえなかったんじゃないかなぁ」

「——クソデク！　よけいなことしゃべってんじゃねえ!!」

いつのまにか近づいてきた爆豪が、気づかずにしゃべっている出久に向けて爆破を放つ。

「クソなことしか言わねえ口は必要ねえなぁ⁉」

「わわっ、やめてよ、かっちゃん！」

爆豪の爆破攻撃を出久はなんとかかわし続ける。

「爆豪くん！　訓練でもないのに爆破はダメだぞ！」

「そうやで、爆豪くん！」

「うるせえ！　全部コイツが悪い！」

「え、なんかごめん！」

「てめえ、何が悪いのかわかってねえな⁉」

激しさを増す爆豪と出久の攻防だが、本気なら今頃死闘になっているとわかっているクラスメイトたちはニコニコと見守る。入学当初はピリピリどころではなかった二人の関係が、やっと本当の幼馴染のようになってきているのが微笑ましいのだ。

「あ、そうだ。A組の王子様！」

ハッとする芦戸に、女子たちも思い出す。そして尾白と障子と常闇に眼鏡女子を救けたことがあるかと訊いたが、三人とも心当たりはないとのことだった。

「緑谷ちゃん、爆豪ちゃん、ちょっといいかしら」

「え？」

「あ?」

梅雨の声に幼馴染の攻防がいったん休止された。だが、出久と爆豪も眼鏡女子に心当たりはなかった。

(よかった……)

ひそかにホッとするお茶子。質問に答えたあと、爆豪の眉間のしわがわずかに深くなる。

「……んで、なんでその女を探しとんだ」

「え? なんでって」

「その女が礼を言いたきゃ、自分で言いにくりゃいいだけだろが」

ほかに理由があるんだろうという鋭い爆豪の言葉に、尾白たちも「そういえばそうだな」と気づく。

「おおかた、その女にチョコ渡してくれって押しつけられたんだろうが」

「えっ、なんでわかったの!」

大当たりの爆豪の言葉に、お茶子が思わず反応してしまう。なんとかごまかそうとしていたお茶子以外の女子たちが「あ~」と落胆の声をあげた。「ごめん~っ」と手を合わせるお茶子に、八百万が声をかける。

「そこまで爆豪さんに見抜かれては、いたしかたないですわ。そうなんです。実は……」

八百万がこれまでの経緯を爆豪たちに説明した。聞いた男子たちは、妙な感心の声をあげる。

「A組に王子様なんかいたか……?」

「隠れ王子……影の王子……闇の王子……」

「え、まさか常闇くんが……?」

「いや、違う。連想したまで」

「尾白、忘れてるってことはないのか?」

「ん～、ないと思うけど……」

「しかし、その眼鏡女子先輩はよほどその王子様に感謝しているのだな! こうなったら我々も協力しよう! 困っている人を救けるのが、ヒーローだからな!」

飯田の言葉に爆豪が「知るか」と帰ろうとしたそのとき。

「何やってんだ?」

大きな段ボール箱を抱えた轟がやってきた。

「轟くん、どうしたの、それ」

「なんか知んねえけど、チョコが送られてきた」

「え! それ全部!?」

「あぁ、食いきれねえよな」

轟が段ボール箱を地面に置いて上部を開ける。中には色とりどりのかわいらしいバレンタインチョコがぎゅうぎゅうに入っていた。お茶子が「すごーい！」と感嘆の声をあげる。

「でも、なんでいきなり知らねえヤツらから送られてきたのかわからねえ」

首をかしげる轟に、出久が言った。

「もしかして轟くんのインタビューを見た人たちから送られてきたんじゃないかな？　ほら、仮免取得後すぐにかっちゃんと二人で敵を捕まえたときの！」

「ああ！　あれけっこう話題になったもんね」

「あぁ！　爆豪くんが全カットになっていたアレか！」

「クソ眼鏡！　よけいなこと思い出させんじゃねえ！」

爆豪が飯田に吠える近くで、轟が思い出したように「お、そうだ」とポケットを探る。

そして中から小さなチョコレート菓子を二つ取り出した。一個ずつ買える低価格の菓子だ。

「緑谷、飯田、これ」

そして、それを出久と飯田に渡した。

「え、ありがとう」

「しかしなぜ？」

きょとんとする出久と飯田に、轟が言った。

「八百万に聞いた。バレンタインに友達にチョコをやるんだろ？」

「「轟くん……!!」」

「轟さん……！」

感激に打ち震える出久と飯田と、轟に友チョコのことを教えた八百万が感動する。

それをドンびきで見ていた爆豪以外、ピュアすぎる友情の場面を微笑ましく見守った。

「なんか……友達っていいね」

葉隠の言葉に爆豪以外がうんうんと頷く。その前で出久と飯田がハッとした。

「ぼっ、僕、購買で同じの買ってくるよ！」

「俺も行こう！　友達チョコレートを買わなくては！」

そして二人は嬉しそうにダッシュで購買のほうへと駆けていった。轟はやわらかい表情でそれを見送る。クラスメイトたちは、誰にも心を開かなかった入学当初の轟の変化を感じて、なおさら笑みを深めた。

春になれば入学から一年になる。時とともに、木々が芽吹き花が咲くように、人も変化していくのだ。

「そういえば轟さん、眼鏡をかけた女の先輩に心当たりはございませんか……？」

八百万が思い出して訊く。事の経緯を説明すると、轟が思い出すように考えこんだ。女子たちは轟こそ王子様かと期待を膨らませる。だが。

「いや、ない」

率直に答えた轟に、女子たちは「そっか～」と落胆の色をみせる。芦戸が気を取り直したように口を開いた。

「するとまだ訊いてないのは、砂藤くんだけか」

「砂藤くんが王子様だったの⁉」

驚くお茶子の近くで八百万が意気ごむ。

「とりあえず、訊いてみましょう！」

さっそく寮に戻ろうとしたそのとき、再び地獄の底から響くような声がした。

「チョ～コォ～……‼」

「峰田くん⁉」

そこにはいつのまにか拘束を解いたチョコゾンビ峰田がいた。

「……轟……おめーにはなんの恨みもねえ……だが、本命チョコをもらったヤツは生かしちゃおかねえ……‼」

「どうした、峰田」

「うるせえ～!!」

なんのことだかわからない轟だけではなく、峰田は四方八方にもぎもぎを投げつける。

「落ち着いて、峰田くん！」

お茶子たちがあわてるなか、爆破で飛んでもぎもぎをかわした爆豪が空中から、少し離れた場所にいた人物に気づいた。

「――あ？」

峰田は轟へも、もぎもぎを投げつけるが、轟は小さな氷結でそれを防ぐ。

「あかんよ、峰田くん！　チョコならごはんのあと、いくらでも食べられるから！」

「俺は……俺は……俺は本命チョコが欲しいんだよぉ……!!!」

血涙を流しながらの峰田の必死さに、女子たちはどうしたものかと躊躇する。

恐怖の正体は、意外と単純なものかもしれない。そして知ってしまえば、忌み嫌うことは難しい。一生懸命生きているものは、なんだかんだかわいいのだ。

そのとき、爆豪がみんなに声をかける。

「おい、眼鏡女子ってコイツじゃねーのか」

「え?……あぁ～!!」

女子たちが、爆豪が親指でさした女子生徒に驚く。まさしくチョコを渡してきた眼鏡女子先輩だった。

「す、すみません！　途中でA組の王子様を見かけて、つい……」

「A組の王子様って……」

「じゃあこの中に⁉」

恥ずかしそうに頷く眼鏡女子先輩に、女子たちはドキドキしながら男子たちを見回す。いったい、このなかの誰が王子様なのかと固唾を飲んで見守る。芦戸が、ハッと気づいて、持っていたチョコを眼鏡女子先輩に渡した。

「自分で渡してください……！　がんばって……！」

女子たちが励ますようにうんうんと頷く。それに背を押されたように、眼鏡女子先輩はそっとある男子に向かって歩きだした。そして、その前で止まる。

「へ……？　オイラ……？」

緊張した様子の眼鏡女子先輩が止まったのは峰田の前だった。

「あの、一週間前げた箱で救けてもらったんだけど……覚えてないかな……？　あのとき、転んで眼鏡落としちゃってて……そうしたらキミが、大丈夫ですか、お嬢さん……って手をとってくれて……」

呆然としていた峰田がハッとする。

「――あのときの！」

「私、あんなベタなこと言われたの初めてで……。それからずっと気になっちゃって……だから、もしよかったら私の気持ち、受け取ってください……っ」

真っ赤な顔でチョコレートを差し出す眼鏡女子先輩に、女子たちが「ひゃ～！」と小さな黄色い悲鳴をあげながら身もだえする。

「………あ、あの……？」

だが、いつまでたっても峰田は受け取ろうともしない。とまどう眼鏡女子先輩に、1年A組女子たち。近づいてみると、峰田は歓喜のあまり気絶していた。

「峰田っ、起きなよ！　ほら、念願の本命チョコだよ⁉」

芦戸に揺さぶられ、峰田がハッと目を覚ます。そして差し出されたチョコレートと、眼鏡女子先輩を交互に見ながら、今度は普通の透明な涙を流した。

「ほ、本当にオイラにチョコを……？」

眼鏡女子先輩が恥ずかしそうに頷く。

「オイラのことがす、すすすす好きということで……⁉」

「す、好きというか気になってて……だからまず友達になれたら……」

そのとき、峰田の頭のなかに謎の方程式が現れた。

本命チョコ＋まず友達から＝そのうちつき合える＝長年妄想していたあんなことやこんなことが本当にできる

峰田は自分のなかで勝手に成立した式に呑みこまれた。

「――とりあえず、いますぐオイラの部屋に行きましょう……!!　なんならそこの林の陰でも!!」

「は？」

突然のことに驚く眼鏡女子先輩の前で、峰田は鼻息荒く血走る目で、だらしなく口を開けた。

「◇×※★■▽！　◎▲♯◆♯!?　☆＊＊✤△■して◎◎まで×■■!!」

この世のすべての下ネタを煮詰めて凝縮させたR80の鬼のようなド下ネタを言い続ける峰田に、眼鏡女子先輩の顔がドンびきしていく。そしてあわあわと見守ることしかできないA組の面々の前で、般若のような顔に変化していった。

「――そんな人だと思わなかった!!　もう二度と声かけてこないで！」

「ぶはぁっ……！」

眼鏡女子先輩は下ネタを話し続ける峰田の横っ面にビンタをかまして、チョコレートを奪って走り去った。そのビンタでハッと我に返った峰田は、あわてて眼鏡女子先輩のあと

を追おうとする。だが、渋い顔の女子たちがそれをそっと止めた。

「峰田くん、告白直後のド下ネタはあかん」

「峰田サイテー」

半眼のお茶子と芦戸。梅雨が小さく首を振る。

「完璧フラれたわね」

「へ？　いや、でもオイラを好きだって……」

何が起こったのかわからず、きょとんとしている峰田に、耳郎と葉隠と八百万があきれたように言う。

「いや、今、完璧に嫌われたよ」

「女の子はねー、いったん嫌いになると、とことんまで嫌いになるからね」

「峰田さん……一世一代のチャンスを逃しましたわね……」

女子からの辛辣なアドバイスに、峰田が愕然とし、そして灰になった。

「ウソ……だろ……」

生きた死体となった峰田。だが、そのとき峰田に慈愛に満ちた声がかけられた。

「峰田……元気出せよ」

「砂藤くん？」

そこにやってきたのは、かわいくラッピングされた箱を手にした砂藤だった。そして、「ほら、これやるよ」と少し照れくさそうに峰田に渡す。なんだなんだとみんなが集まる前で、峰田が箱をあける。

中身は、クリームで描かれた峰田の似顔絵の横に『大好き♡』と書かれているハート型のチョコレートだった。

「本命チョコはもらえねえだろうなと思って作ってみたぜ。お前の好きなグレープ味だ」

へへっと得意げに笑う砂藤。みんなが「本命チョコじゃん!」「よかったねえ!」など峰田を励ますが、峰田が涙目で絶叫した。

「オイラは……オイラは女子からもらいたかったんだよ～!!」

アホらしいと爆豪が舌打ちしながら、一足先に寮へと戻っていく。

人目もはばからずおおんと号泣する峰田のあまりに不憫な姿に、女子たちの顔がわずかにやわらいだ。

「チョコ食べたら元気になるよ!」

「美味しいわよ」

葉隠と梅雨がそう言うそばで、芦戸とお茶子もうんうんと頷く。

「しょうがないなぁ、私の分のチョコプリンあげるから泣きやみなよ」

「じゃあ私はチョコアイスあげるから、ね？　元気出そ！」

八百万と耳郎も声をかけた。

「峰田さん、先ほど、一世一代のチャンスを逃したと言いましたが、訂正しますわ。生きていれば、どんな可能性もあります」

「そうそう。そのうち、本命チョコくれる子が現れるよ。……たぶん」

こうしてＡ組の王子様捜索は幕を閉じた。

Ａ組のバレンタインパーティはこれからだ。

かつてチョコレートは媚薬（びやく）だった。もしかしたら恋が芽生（めば）えることもあるかもしれないが、それは神のみぞ知る。

Part.3

春の雪山キャンプまつり

目の前には、見渡す限り一面の銀世界が広がっていた。

光を浴びてキラキラと輝く真っ白な雪原。その奥には抜けるような青空を背負う高い雪山がそびえている。

「うわー、すごい……！」

「なー！　しかも絶好のキャンプ日和！」

目を輝かせてあたりを見回す出久に、上鳴もウキウキと同意した。そんな二人は雪山仕様の防寒着に、大きなリュックを背負っている。それは爆豪、轟、飯田、切島、瀬呂も一緒だった。この七人が雪山にやってきたきっかけは、数日前に遡る。


「あ～、どっか行きてー」

夕飯前、寮の共有スペースのソファにだらりと座りながら言った上鳴の言葉に、同じく携帯をいじりながら座っていた瀬呂が笑いながら応(こた)える。

「どっかってどこだよ」

「決めてないからどっかなんだろー。だって今、春休みじゃん！　なぁ？　おかえり！」

上鳴がちょうどインターンから帰ってきたばかりの爆豪、切島、出久、轟に話を振る。

春休みなのでインターン先に泊まりこみが多いが、連絡や事務手続き、もちろん勉強もあるので寮に戻ってくる。

「んだ、いきなり」

「おう！　ただいま！」

「ただいま〜。なんの話？」

「春休みだから、上鳴がどっか遊びに行きたいんだと」

そこへ一足先にインターンから戻っていた飯田が通りかかる。

「なにを言ってるんだ、上鳴くん！　学生の本分は勉強だぞ。しかも俺たちは寮住まいの身。どこかにおいそれと遊びに行けるわけがないだろう？　みんな、おかえり！」

飯田に出久たちが「ただいま」と返事をする前で、上鳴が「でもさ〜」と続ける。

「だって、今は春休みだぜ？　休みって、休むためにあるんじゃねーの？」

「確かに春休みって感じはしないよね。ずっとインターンだし」

自分の言葉に頷く出久の同意を得て、上鳴は「だろ〜？」としたり顔で返す。しかし出久はパッと笑顔になって言った。

「でも、インターンもすごく楽しいよ！　勉強になることばっかりだし……轟くん、誘ってくれて本当にありがとう！」

「おう」

轟は簡素に応えながらも、わずかに表情がやわらかくなる。上鳴はそんな二人のやりとりを見て、ム〜ッと眉を寄せた。

「いや、それはわかんのよ？　でも春休みって貴重じゃん⁉　夏休みと冬休みって長いけど、春休みは一瞬じゃん⁉」

「そういや、なんで秋休みはねえんだろうな？」

切島の素朴な疑問に瀬呂が答える。

「秋は、夏いっぱい休んだから、なんとか乗りきれんだろってことじゃね？」

「なるほどな！」

「だから、そういうことじゃねーのよ！　俺が言いたいのは、春休みを楽しみたいってことなのよ！　旅行とまでは言わないけどさぁ、ただ遊ぶためにどっか行きたいじゃん！」

話をそらされ続けた上鳴が不満げにそう叫んだそのとき、後ろから低い声がかけられた。

「そうか、上鳴はどこかに遊びに行きたいのか」

「——先生!!」

いつのまにかやってきていた担任の相澤の出現に、みんなの背筋が伸びる。温度の低い視線で見回され、上鳴たちは叱られることを覚悟した。

相澤はとても厳しい。それが愛情に裏づけされているものだとわかっている生徒たちだが、それでも厳しいものは厳しい。上鳴たちはせめて反省文数枚ですみますようにと祈る。

しかし、かけられたのは意外な言葉だった。

「それじゃあ、雪山キャンプなんてどうだ？」

「……え？」

一瞬、何を言われているのか理解できない生徒たちに、相澤が持っていたプリントを見ながら続ける。

「雪山訓練の施設があるんだが、けっこう本格的だぞ。雪山に、森も、魚がいる湖もある。そこなら一泊くらいはできる。ちょうどお前ら、休み被ってる日があるから全員で使ってもいいぞ」

突然の魅惑的な申し出に、ポカンとする上鳴たちを見て相澤が言った。

「なんだ？　行きたくないのならムリにとは言わないが」

「……いや行きたいですっ!! でもなんで突然……？」

「こないだの職員会議で、春休みだから、気分転換に施設を開放しようかって話になったんだよ。リフレッシュしたほうが作業効率もよくなるしな。……で、どうする？」

相澤に訊かれ、全員即決で雪山キャンプに行くことになったのだ。


「本当に広いな！ 目つぶって連れてこられたら、これが施設なんてわかんねえよ」

「雄英ってやっぱ規模が違うよなー」

広大な雪原を見回しながら、感嘆の声をあげる切島と瀬呂の前で、うずうずしていた上鳴がリュックを放り投げ、雪の上へと「ひゃっほ〜い！」とダイブした。

「雪だー！ つめてー！ たのしー！ なぁ雪合戦しようぜ！」

大はしゃぎする上鳴にリュックが投げ返される。荷物の重さに「ぐえっ」となる上鳴に、投げた爆豪がいつも以上の鋭い目で言った。

「――雪山ナメてんじゃねえぞ」

「へっ？」

「いいか、今回、俺たちがやるのは自給自足のサバイバルキャンプだ。呑気に遊んでる暇なんか一秒もねえんだよ」

妙に冷静な爆豪に、上鳴たちがきょとんとなる。

「でもサバイバルっていっても一泊だし、そこまで真剣になんなくても……」

「今から明日の昼まで、俺たちはここに閉じこめられるんだろうが」

爆豪の声に、みんなが行くと即決したあとの相澤の言葉が全員の頭に蘇る。

『ただし、一度入ったら二四時間たたないと出入口が開かない作りになっている。どんなことがあってもだ。そして、携帯も通じないぞ。それでもいいな？』

多少の圧を感じながらも、それでもみんなは行くことに決めたのだった。

ちなみに、上鳴や瀬呂と同じインターン先の峰田は、マウントレディに指導と称して小間使いのように使われていて今回は来ていない。

「んな、大げさな」

笑う上鳴に爆豪が顔をしかめ舌打ちする。

「この寒さのなか、何の用意もなく寝たら死ぬぞ。死ぬなら勝手に死ね」

そんな爆豪に出久がキラリと目を光らせて口を開く。

「かっちゃんは登山が趣味だから、雪山の厳しさを知ってるんだ」

「おお！　それは頼もしい！　俺も本で予備知識は入れておいたが、やはり実践となると心もとないからな。ぜひ、爆豪くんに指揮をとってもらいたい。お願いできるだろうか？」

飯田の提案に、爆豪が一瞬眉を寄せる。

「……俺が？」

「あぁ、経験者でなければわからないことが多々あると思う。ここは爆豪くんが適任だ！」

信頼の笑みを浮かべる飯田に、爆豪は間を置いてからチッと舌打ちして言った。

「――しかたねえから引き受けたる。そのかわり文句言ったら雪山に埋めるからな」

「わーってるって！」

上鳴が無邪気に返事する近くで、出久が爆豪の様子に目をぱちくりとした。それに気づいた轟が声をかける。

「どうした、緑谷」

「え？　あ、なんでもない。気のせいかな……」

首をかしげる出久の向かいで、爆豪がみんなに向かって言った。

「いいか、まずやることは三つ。テントの設営、食料の確保、暖をとるための薪集めだ」

そこで三班に分かれて作業することになった。

経験者の爆豪と切島が全員分のテント設営。

食料班は出久、上鳴、瀬呂。湖で魚を釣る。

薪班は轟と飯田。森で薪などを集める。

「さっさと散りやがれ！」

爆豪のかけ声を合図に、食料班と薪班はそれぞれ湖と森へと向かった。「がんばれよー！」と声をかけた切島が、爆豪に向き直る。

「さて、何すりゃいい？　なんでも言ってくれ！」

やる気満々で拳を手のひらに打ちつける切島。爆豪は雪原を注意深く見回してから、「あそこだな」と少し離れた平らな場所に移動する。全員分のテントを持ってきた切島が訊いた。

「ここにテント張るのか？」

「あぁ、ここなら平らだろ」

「おーし、じゃあさっそく！」

張りきってテントを開こうとする切島に爆豪が待ったをかける。

「まずテントを張る場所の雪を固めろ。じゃねーと寝心地も悪ぃ」

「おお！　わかった！」

切島が手袋を脱ぎ、硬化させた拳で「オラオラオラ！」と雪を固めていく。固め終えた場所に爆豪が一人用のテントを広げ、地面に固定するペグを手際よく打ちこんでいった。

森にたどり着いた薪班の飯田と轟は、改めて施設の広さに感心していた。

「おお、ちゃんとした森だな！」

「すげえな」

様々（さまざま）な木々が不規則に生（は）えていて、まるで本物の自然の森だ。二人で周囲を確認しながら森の中へと足を踏み入れる。木々に差しこむ照明の光も、まるで本物の太陽のようだ。

「乾いた枝と、焚火（たきび）を囲む大きめの石を探すんだよな？」

「それに、地面とのクッションに敷く笹などがあるといいらしい。地面が濡れていると燃えないからな。みんなの暖をとるための重要なミッションだ！　張りきって集めよう！」

「おう」

そして二人は森の中で目当てのものを探し始めた。轟は石を探して雪をかき分け、飯田は植物辞典を手に、落ちている枝などを拾（ひろ）っていく。ふと、轟が口を開いた。

「そういや、飯田がキャンプに来たのは意外だった」

「え？　どうしてだい？」

少し離れて顔を上げた飯田に、轟が続ける。

「インターン中だと勉強がなかなか進まないだろ。勉強するのかと思ってた」

「あぁ……。それも考えたんだが、こうして雪山で学べることもあるかもしれないと思ってね。しかし一番の理由は、やはり轟くんと緑谷くんがいたからだな。……友人とのキャンプなどめったに体験できるものではない」

少し照れくさそうな飯田に、轟もわずかに表情をやわらかくする。

「あぁ、俺もだ」

「そうか！　思いきりキャンプを楽しもう！」

飯田が張りきって枯れ枝を集めていく。だが、そのときふと手が止まった。

「――これは、なんだ？」


その頃、食料班の出久、上鳴、瀬呂は薄氷（はくひょう）の張った湖を覗（のぞ）きこんでいた。泳いでいる魚がうっすらと見えている。

「すげー、本物の魚じゃん！　けっこういるな」

「これなら、全員分の食料、十分確保できるね」

「問題は、どう獲（と）るかだな……」

「悪（わり）ィ！　うっかりした～」

上鳴がごめんというように両手を合わせて二人に謝（あやま）る。釣り竿（ざお）一式を持ってくる係だったのだが、寝坊し忘れてしまったのだ。

「木の枝で釣り竿でも作るか？」

瀬呂の提案に、考えこんでいた出久が言った。

「う～ん……糸は瀬呂くんのテープで代用できるとしても、問題は針と餌だよね……」

サバイバルキャンプなので、食料はいっさい持ってきていない。

「「「うう～ん……」」」

考えこむ三人。シュンとした顔で上鳴がおなかをさする。

「獲れないかもと思ったら腹へってきた……。一気にばーって獲れたらいいのに……」

その言葉に出久がハッとする。

「……網だ！　網なら一気に捕獲できるよ」

「でも、網なんて持ってきてねーぞ？」

「いや、俺のテープで作れるな」

思いついた瀬呂に、出久が「うん」と頷く。遅れて上鳴も「……おお！」と声をあげた。

三人は近くから探してきた湾曲した枝を瀬呂のテープでつなぎ合わせ、二メートルはありそうな円を作る。その円に格子状にテープを貼り、即席の網を作った。枝の取っ手をつけたそれはまるで大きな金魚すくいのポイのようだった。

「じゃあ次は俺の出番か」

「うん。上鳴くんの電気で魚を気絶させる。で、僕が網ですくう」

出久は瀬呂とともに即席の網を湖にそっと沈める。

「ひゃあ冷たい……！」

わずかに触れた水の冷たさにぶるっと震えたあと、出久は少し前で湖に指を向けスタンバイしている上鳴に「いつでもいいよ」と声をかける。

「おーし、じゃあいくぞ……！」

上鳴が水中に放電する。すると感電した魚がビクッと反応し、気絶し動きを止める。それを確認した出久が水中の魚を網のなかに集めていく。

「おお、獲れてる獲れてる！」

「今夜は焼き魚だー！」

瀬呂と上鳴が喜ぶ前で、出久が網をよいしょと持ち上げる。そのとき、テントを張り終えた爆豪と切島がやってきた。

「おっ、すげえ！　大漁だな！」

駆け寄った切島が獲れた魚を覗きこむ。出久が少し驚いたように顔を上げた。

「もうテント立て終わったの？」

「あぁ。爆豪の手際がすげーよかったんだよ！　だからこっち手伝いに来たんだけど、大

丈夫だったな！　うわ、この魚、超でけえ！」

「フン、獲れねえなら湖に沈めとったわ」

「なぁ魚まだまだいるから、明日の朝、また獲ろうぜ～」

「あ？　ほんとかよ……」

上鳴の言葉に、爆豪がそう言いながら魚を見ようと湖を覗いたそのとき、気絶していたひときわ大きな魚が目を覚まして、急に大きくジャンプする。

「あっ？」

魚が背中に当たり、爆豪が湖に落ちた。

「ぶはっ」

「爆豪！」

「大丈夫かー⁉」

切島たちが心配するなか、湖から顔を出した爆豪に一番近くにいた出久が手を伸ばす。

「大丈夫⁉　早く上がって」

その光景に爆豪の顔がハッとする。

『大丈夫？　立てる？』

爆豪の脳裏に浮かび上がってきたのは、幼い頃、橋から落ちた自分に心配そうに手を差し伸べる幼馴染(おさななじみ)。

長い間、自分をずっと蝕(むしば)んでいた苦(にが)い思い出の始まりの場面に、爆豪の感情は反射的に反応する。

「……うるせえ」

それでも感情のまま当たり散らしたりしないのは、自分が成長したと知っているからだ。

けれどその声色(こわいろ)には、本気の拒否を示すような鋭(するど)さがにじんでしまう。

それに出久も気づいたのか、少し躊躇(ちゅうちょ)しながらも声をかけた。

「でも」

爆豪はその声を無視して自力で湖から出た。だが、出久は意を決したように爆豪の額(ひたい)に手を当てた。

「なにしやがるっ」

バッと手をのける爆豪。

「かっちゃん、熱あるよ」

真剣に心配する様子の出久に、切島たちが「マジかよ」とわらわらと集まってくる。

「そういえば、昨日(きのう)、インターン中に頭痛いって言ってたよね。大丈夫？　薬とかは？」

「具合悪かったんなら早く言えよ！　どうする？　相澤先生に言って――」

「ムリだろ。どんなことがあっても明日まで開かないって言ってたし。携帯も使えねぇ」

あわてる切島に冷静に応える瀬呂。その横で上鳴が考えこんだ。

「じゃあ、一晩過ごすしかないってことか……。やべえ、爆豪！　早く着替えねえと悪化すんぞ！」

みんなから心配され、爆豪の目がビキビキと吊り上がる。

「うるっせえ!!　俺を心配すんじゃねえ!!　風邪くらい気合で治し殺したるわ!!」

「いや、風邪は休養とあったかい布団でしか治んねーから」

瀬呂はそう言うと怒り心頭の爆豪をテープで拘束した。それを切島が任せろとばかりに素早く担ぐ。

「待ってろ、爆豪！　すぐテントに連れてってやるからな！」

「俺を下ろしやがれぇ！」

強引にテントに連れてこられた爆豪は、しかたなく持ってきていた替えの服に着替え、寝袋に寝かせられた。飯田と轟も薪集めから戻ってきて、余分に持ってきた服やカイロなどをみんなから借りて爆豪を温める。

「爆豪、ムリしないでぐっすり寝ろよ！」

「おしっこ行きたくなったら声かけろよ」

「焼き魚食えそうかー？」

「爆豪くん、具合が悪いのに指揮を任せて申し訳なかった……！」

「額、冷やしたかったら氷出すぞ」

心配する面々に覗きこまれ、爆豪は苛立ちながら叫ぶ。

「てめーらの心配面みてたら腹立ってよけい熱上がるから、とっとと出てけや！」

悪い悪いとテントを離れる面々。最後に出久が心底心配そうに言った。

「かっちゃん、何かあったらすぐ声かけてね」

「──うるせえ、話しかけんな」

爆豪は顔も見たくないとでもいうように目をつぶる。足音が遠ざかっても、苛立ちは消えなかった。

テントの外から、出久たちの会話が聞こえてくる。

「しっかし、緑谷、よく気づいたな。俺、全然わかんなかったわ」

「さっき、飯田くんに指揮とってくれって言われたとき、いつものかっちゃんならすぐ反応するのに、少し遅かったからなんかヘンだなって思ったんだよね……」

上鳴にそう応える出久の声に、爆豪は苛立ったまま目を見開く。

自分でも本調子じゃないのはわかっていたが、誰にも言うつもりはなかった。

弱みを見せないようにするのは、生存本能の一部だ。弱みを見せることは、死ぬ可能性を高めてしまうから。

強さを誇ることで他者より上に立つ。強ければ生き残る。単純な理だ。

だからこそ、弱みを見抜いたものは、排除するべき対象になる。

昔、手を差し出されたとき、自分の弱みを知られたと本能的に感じた。その、怒りに隠した恐怖は身に染みて、細胞の奥に埃のように積もっている。

出久は、弱みも強みもなく、ただ純粋に心配から手を差し出す。昔も今も。

理解できない存在。一生、理解できないままでいいと悟ったような気にもなった。

けれど、なぜかどうしても爆豪は苛立つ。

どうして苛立つのか、わからないからさらに苛立つ。

本当に熱が上がった気がして、爆豪は舌打ちしながら眠りについた。

「……うめー！　自分たちで獲った焼き魚、最高ー！」

焼き魚にかぶりついた上鳴が叫ぶ。

寝ている爆豪の様子を看つつ、焚火や魚の用意をし終えた頃には夕方になっていた。

焚火を囲み、魚が焼けるのを待っているうちに、あたりはすっかり暗くなっている。

出久たちも上鳴に続いて、焼き魚にかぶりついた。焼きあがったばかりのパリパリの皮が香ばしく、ふわふわの身がとても美味だった。自分たちで獲ったからよけい美味しく感じるのかもしれない。

「こりゃ二、三匹イケるな」

「大丈夫、十分あるよ」

「命をいただいているという感じがするな！」

「うめえ」

はぐはぐと食べ終わり、みんな二匹目に手を伸ばす。

「しっかし、こういう自然のなかで轟の〝個性〟は貴重だよなー」

「そうか？」

上鳴に言われ首をかしげる轟。隣で出久が鼻息荒く振り向いた。

「もちろんだよ、轟くん！　まず炎は暖を取るのにも、こうして料理するにも必要不可欠だしね。それだけじゃなく、大自然のなかだと照明にも目印にも、獣除けにもなる。そして氷は溶かせば飲み水にもなるし、怪我の応急処置にも使える。本当に氷と炎は強い〝個性〟だよ……そういえば、氷と炎でお風呂も沸かせるじゃないか。すごい！　轟くんは一人キャンパーになれるね！」

SMASH

その言葉に轟が「そうか」と応えてから、ポツリと呟いた。

「でも、またキャンプ行くなら、みんなで行きてえ」

「轟ぃ〜、かわいいこと言ってくれちゃって！　初期ろきくんが懐かしいぜ」

嬉しそうにからかう瀬呂に、出久と飯田も同意するようにうんうんと頷く。

「そうだね！　みんな一緒だと楽しいよねっ」

「あぁそうだな！　キャンプは友情を深めてくれるな！」

焼き魚にかぶりついていた上鳴がハッとみんなを見た。

「そうだよ！　キャンプっつったらそういうことやんなきゃ！」

「そういうことって、どういうことだよ？」

質問する切島に上鳴が言う。

「ほら、この大自然のなかでさ、肩組んで歌うたったり、夢を語り合おうぜ！」

「なんか、古いキャンプのイメージじゃね？」

苦笑する瀬呂に、上鳴は力説した。

「いーじゃん！　この大自然のなかだから、ふだん恥ずかしくてできないこともできるってもんだろー？」

「さっきから大自然大自然言ってっけど、ここ人工施設だぞ」

「あ、忘れてた」

「実は僕も。だって、ほら、星も出てるよ」

　出久がそう言いながら上を見上げる。夜空のような天井には小さな星々が本物のように瞬（またた）いていた。轟が言う。

「すげえな。プラネタリウムだな」

「こっぱずかしいことできる絶好のシチュエーションじゃん！　星の下で夢を語り合おうぜ！　俺はねー、とりあえずスッゲーカッコいいヒーローになる！」

「いや、単純ストレートすぎだろ。つーかさ、魚もいいけど野菜がたりなかったな」

「ちょお、夢語りは⁉」

「だって、ここにいる全員、同じだろ？」

「まぁ、そうだね」

　瀬呂の言葉に、出久が少し照れくさそうに答えると、それに切島と轟と飯田も続いた。

「俺もだ！　漢気（おとこぎ）あふれるヒーローになるぜ！」

「あぁ」

「大まかに言えば、そういうことだな！」

　それぞれ目標としているニュアンスは違うが、結果はそこに行き着く。

ヒーローになる。単純明快で、純粋な、そして確実な夢だ。

「……そりゃそっか～」

脱力する上鳴に、面々が笑う。やわらかい空気に包まれたあと、飯田がふと思い出したように言った。

「そうだ、爆豪くんの件ですっかり忘れていたが、みんなに報告しなければならないことがあったんだ」

「どした？」

「昼間、薪を探しに森へ入ったとき、獣の痕跡（こんせき）があったんだ。しかもかなり大型の」

「獣!?」

「あぁ。木に爪でつけたような跡があった。動物っぽい毛も落ちていて……これだ」

飯田がポケットからハンカチを取り出し、みんなに開いてみせる。そこには白っぽい長い毛がからまって塊のようになっていた。

出久が焚火の明かりでそれをしげしげと観察する。

「ずいぶん長いよね……？　なんの動物だろう？」

「え～？　そんな大きな動物いんなら、先生、先に言うだろ？　きっとアレだよ！　雪山演出的なやつ！」

「なんの演出だよ」

「獣がいる雪山もあるぞってやつ」

上鳴と瀬呂のやりとりに飯田が「ふむ」と小さく頷く。

「まぁ確かに、雪山には冬眠中の熊がいるからな」

「シロクマの毛か」

「轟、シロクマは北極だろー……あ」

「どうしたの、瀬呂くん」

瀬呂が珍しく神妙な顔になる。

「いや、そういえばここ来る前に、波動（はどう）ねじれ先輩に話しかけられてさ。ここに行くって言ったら、ヘンな噂話（うわさばなし）があるよって教えてくれたんだけど……」

「え、なに」

上鳴が興味をひかれたように身を乗り出す。瀬呂が続けた。

「この施設のなかに、磁場が狂ってる場所があるんだと。んで、そこの時空が歪（ゆが）んでて、異空間につながるとか」

「常闇（とこやみ）が食いつきそうなネタだな」

穏（おだ）やかでないワードに切島が眉を寄せる。

「俺は聞いただけだって。で、そこから見たことない怪物が出てくるのを見た生徒がいるらしい……」

「……え、もしかして、この毛はその怪物のってこと？」

「信じちゃいねーけど、そんな話をちょうど聞いたからさ」

全員が神妙な面持ちで見つめ合う。妙な沈黙後、ぷはーっと上鳴と瀬呂が笑いだした。

「いやー、ないない！」

「さすがにな！」

「でも俺、正直ちょっとワクワクした！」

そんな瀬呂と切島と上鳴の反応に、出久も釣られて笑う。だが、飯田が真顔で言った。

「しかし、本当に磁場が狂っている場所があれば問題だ。明日、先生に報告せねば。いや、その前にその場所が本当にあるのか確かめたほうがいいかもしれないな。どうだろう？明日の朝、その場所を探すというのは」

飯田に上鳴がウキウキと応える。

「マジかよ。でもまぁ、探検みたいでおもしろいかもな！」

「明日までに爆豪も治ってっといいけど……おーい、爆豪、魚食えそうか？」

そう言って切島が爆豪のテントを覗きに行ったとき、突如、強い風が吹き始めた。

「わっ？」

瞬く間に星を隠して曇り空になったかと思うや否(いな)や、風とともに雪が舞ってくる。

「雪だ！」

上鳴が降ってきた雪にはしゃぐが、それも最初のうちだけだった。あっというまに風と雪は勢いを増し、吹雪(ふぶき)になった。瀬呂が叫ぶ。

「なんだよ、この天気！　ずいぶん急だな！」

「もしやこういう仕様なのでは⁉　吹雪の訓練だ！」

「マジかよ〜っ、もっと穏やかにキャンプ楽しませてくれよ！」

「とりあえず、もうテント入ったほうがいいんじゃないっ？」

強風でテントがバタバタと音を立てている。焚火の火も激しく揺れていたのを見て、轟がテントに燃え移ってはいけないと氷結(ひょうけつ)で消火した。

「切島くん、爆豪くんの様子はどうだ⁉」

「寝てる！」

「よし、では俺があとでまた様子を見よう。今日はこれで就寝(しゅうしん)だ！　おやすみ、みんな！」

そう言う飯田に、みんながそれぞれおやすみと返して、各自のテントへ入っていく。

吹雪は夜になるにつれて、激しさを増していった。

怒り狂うように吹き荒ぶ雪が、少年たちを取り囲む。

冬の嵐は平等にその牙を向けようとしていた。


テントが強風に揺さぶられる激しい音の合間に、ふと自分の名前を呼ぶ声が聞こえた気がして出久は浅い眠りから目を覚ました。

「……谷くん、緑谷くん！」

「飯田くん？　どうしたの？」

あわてて入口のファスナーを開けると、飯田が眉を寄せてかがんでいた。

「実は、少し前に隣の瀬呂くんがトイレに行くと伝言して出ていったんだが、まだ戻ってこないんだ」

「えっ、まさか遭難……？」

「いや、そんなに遠くへは行っていないはずだから、少し道に迷っているだけだと思う。迎えに行ってくるが、一応、誰かに伝言をと思ったんだ」

「僕も行くよ」

「いや、一人で大丈夫だ。戻ってきたら声をかける」

飯田はそう言って吹雪のなかに消えていく。出久は心配そうに見送っていたが、飯田の言葉を信じテントのなかに戻った。

待つ時間は長く感じる。

「……まだかな」

出久は持ってきていた時計で時間を確認する。まだ五分も経(た)っていないが、それでもそろそろ戻ってきてもいい頃だ。

ひときわ強い風が吹き、テントが変形する。この吹雪では足元もおぼつかないだろう。

出久が飯田たちを迎えに行こうとしたそのとき、叫び声が遠くから聞こえた。

「飯田くん……⁉」

出久はバッとテントを飛び出す。すると、同じく声を聞いた爆豪以外の全員がテントから顔を出した。

「今の声なに⁉」

驚く上鳴に出久が言う。

「飯田くんだと思う……！　さっき、トイレに行った瀬呂くんが戻ってこないから探しに行くって言ったんだ。僕、ちょっと行ってくるよ！」

「緑谷、俺も行く」

「俺も行くぜ！　上鳴、爆豪についててやってくれ」

「わかった！　気をつけろよ！」

上鳴と爆豪を残し、出久と轟と切島は叫び声が聞こえたほうに向かう。

轟が手に灯す火が風で激しく揺れる。頬に当たる細かな雪が、まるで針のように痛い。

視界もせいぜい数メートル先がやっと確認できる状態だ。

三人は離れないように気をつけながら、猛吹雪のなかを進んでいく。

「飯田くーん!!　瀬呂くーん!!」

「いるなら返事しろー！」

だが、返事はない。必死で声をかけながら少し歩いたところで、突如、出久の顔に何かが飛んできた。

「んぶっ！」

「大丈夫か、緑谷」

「なんだなんだ!?　……これ、飯田のじゃねえか……？」

出久に当たったのは、飯田が着ていた防寒着の一部だった。切り裂かれたようにボロボロになっている。

「これ、まるで裂かれたような……」

「どういうことだ……？」

「――おい、あれなんだ？」

切島が少し先の地面を指さす。雪原に、くっきりとした段差があった。近づいてみると、それは一メートルはありそうな大きな動物の足跡だった。

「なんだよ、これ……大きすぎだろ……」

「まさか、怪物……？」

「さっき言ってたヤツか……？」

三人はとまどいながら目を合わせる。「マジかよ」と切島の顔がひきつる。

出久は飯田の服の切れ端をきつく握(にぎ)った。

「飯田くんと瀬呂くんを早くみつけなきゃ」

「あぁ、でもまず上鳴と爆豪にも知らせ――」

そのとき、テントのほうから上鳴の叫び声がした。ハッとした出久たちは、あわててテントに引き返そうとする。そのとき、出久の足がもつれて転んだ。

「緑谷？」

「……大丈夫っ！　それより急ごう！」

吹雪に耐えながら、出久がフルカウルでテントへと急ぐ。轟と切島もそれに続いた。

「なんだ、これ……」

一足先に着いた出久が、その惨状に呆然とする。みんなのテントが切り裂かれていたのだ。そして、ところどころにさっき見たばかりの大きな足跡がついていた。

「かっちゃん、上鳴くん……！」

出久は我に返り、かろうじて形を保っていた爆豪のテントに向かう。中にいたのは警戒するように顔をしかめながら防寒着を羽織ろうとしている爆豪一人だけだった。

「かっちゃん！　上鳴くんは!?」

「ついさっき、いきなり外で物音がしやがった。上鳴が様子を見に外へ出てすぐアイツの叫び声がして、表に出たらもういなかった」

「そんな……」

「緑谷！　爆豪！」

追いついた轟と切島がやってくる。爆豪はみんなをにらみつけながら言った。

「何が起こってる……？」

出久たちは爆豪に今までのことを説明した。

全員、今起こっている出来事をにわかに信じられなかった。あまりに非現実的すぎる。

けれど、これは実際に突きつけられた現実だった。

しかない。

瀬呂と飯田と上鳴がいなくなり、テントは切り裂かれて、この吹雪のなかに立ち尽くす
轟が氷結で簡素な風よけ場所を作り、いったんそこに避難した。

「怪物がいるとして、そいつは人を攫う習性があるみたいだ。何のためかはとりあえず置いておいても、早急にみんなを探し出さなきゃ」

考えながらそう言う出久に、切島がじれったそうに「早く行こうぜ!」と声をかける。

轟が言った。

「どこ探す? こんな広いなかだぞ」

「隠せる場所がある森のなかの可能性が高い。それに、僕たちのことを狙ってるなら、近くにいるかもしれないと思うんだけど……」

出久がハッとした。

「……そうか、今までの傾向からすると、ひとりひとり攫ってる……ってことは、きっとどこかに隠してまた戻ってくる可能性が高い。上鳴くんを攫ったとき、かっちゃんの気配を感じたんなら、きっと戻ってくるはず」

「――ハッ、俺におとりになれってか。上等だわ。返り爆破したる」

「でも、もう満足して攫いにこない可能性もあると思う……」

「それじゃ、二手に分かれようぜ。爆豪に一人ついて、あとは上鳴たちの捜索だ」

おとり作戦の言い出しっぺとして出久が爆豪とともに残ることになった。轟と切島が捜索に向かうと、出久と爆豪だけになる。

「かっちゃんは寝てて。寒くない？」

出久の心配そうな気づかいに、怪物を爆破する気満々だった爆豪は怒りをにじませた声で威嚇するように言った。

「――黙ってろ」

「でも、せめてあったかくしてないと」

「うるせえっ……俺を心配すんじゃねえ!!」

心配された分だけ、弱いと言われているような気になる。それは、常にナンバー1を目指している爆豪にとって侮辱以外のなにものでもない。

爆豪の怒りに一瞬驚いた出久だったが、強い瞳で見返して言った。

「――するよ！　当たり前だろ！」

きっぱりと言いきった出久に、爆豪の自制心が切れた。

「……クソうぜえな!!　こんくらい体調悪いうちに入んねーんだよ！　上から目線で人の心配ばっかしてきやがって何様のつもりだ!?」

「具合悪い人を心配するのは当然だろ⁉」

「だから心配すんなって言ってんだろうが‼」

爆豪が出久につかみかかる。口で片手の手袋を取り、爆破を出そうとする。だが出久がその手を止めようとつかんだ。その瞬間、爆豪の目がわずかに見開く。自分の体温より、出久の手の温度のほうが高いのだ。

「かっちゃん？」

出久が突然動きをとめた爆豪を訝しげに見る。爆豪は心底嫌そうな顔をして舌打ちしたあと、出久の額に自分の手を当てた。

「てめえのが熱いじゃねえか」

そして掌底打ちするように突き放す。

「……えっ、うそ」

のけぞった出久は驚いたように、自分で自分の額に手を当てる。

「あ、そう言われればなんか熱いかも……えっ、僕、風邪ひいてた⁉　そういえばなんかダルいなと思ってたんだけど、雪のせいかなって思ってた……」

（――こいつ）

他人事のように呟く出久を、爆豪がじっと見る。

そのときだった。吹き荒れる風音を切るように遠くから叫び声した。

「今の、切島くんっ？　かっちゃんはここにいて！」

出久がバッと飛び出す。爆豪が外に出たときには、出久はフルカウルでかけ飛んで吹雪のなかに消えた。

爆豪は見えなくなった後ろ姿に、猛烈な腹立たしさを感じた。

出久はいつも自分を勘定に入れない。自分のすべてを人のために使う。

何の疑問も持たず、それが当然のように。

けれど、腹が立った理由はそれではないのだと爆豪は気づいた。

「――チッ」

爆豪は舌打ちして、爆破で出久を追いかける。その途中、「ガアァァァ!!!」というような獣の咆哮が響く。駆けつけたそこにいた怪物に、爆豪は息を呑んだ。

「んだ、ありゃ……」

白い毛で覆われた巨大な二足歩行の獣。幻のUMA、イエティのような姿をしているが、よく見る想像図よりはるかに大きく機敏で、手には鋭い爪が生えていた。

出久が巨大イエティを警戒しながら爆豪に気づく。

「かっちゃん!?　なんで来たの！」

「うるせえ！」

「緑谷！　こいつ、強えぞ……」

轟が切島とともに巨大イエティと対峙しながら言う。切島がイエティの注意が轟に向かった隙を狙い、硬化した拳で殴りかかる。だがそれに気づいたイエティが巨大な腕で切島を吹っ飛ばした。爆豪が声をあげる。

「切島ぁ！」

出久がフルカウルで駆けだし、蹴りを浴びせようとするが、イエティは巨体に似つかわしくない素速さでそれを避けた。

「くっ……！」

その隙に爆豪が爆破で飛び、顔面で閃光弾を浴びせる。目くらましして大爆破をしようとしていた爆豪だったが、その思惑は外れた。閃光弾を浴びても、イエティは眩しさを感じないのか、逆に攻撃してきたのだ。

「がっ！」

大きな拳の直撃を受け、爆豪が雪原に叩きつけられる。

「かっちゃん！」

出久が爆豪に声をかけながら、再度イエティに向かってスマッシュを打つ。だがイエテ

ィには何のダメージもないのか、そのまま出久を投げ飛ばした。

「穿天氷壁！」

轟がイエティに向かって巨大な氷壁を放つ。攻撃がやんだのもつかの間、氷の中から振動がした。亀裂の入る氷壁。割れるのも時間の問題だった。

「……攻撃力もスピードも尋常じゃない……それにこっちの攻撃が効いてないみたいだ」

攻撃に備えてやってきた爆豪は、氷壁の前で出久がブツブツと呟いているのに気づく。

「……なら、どこかに閉じこめるしかない」

導き出した答えに、出久の目が静かに見定まる。その直後、イエティが氷壁を割って一番近くにいた出久に襲いかかる。氷の塊で一瞬視界が遮られた出久の反応が遅れた。

「緑谷！」

轟が出久をかばうように横からイエティに炎を向ける。しかし避けられ、炎をものともせず突進してくるイエティに弾き飛ばされた。

「轟くん！」

出久が飛び出し、イエティの顔面に拳を打ちこむ。それでも効かないのを感じ、すぐさま瞳めがけて拳を打ちこんだ。バキッと音がする。

「っ？」

違和感に一瞬眉を寄せた出久に、咆哮しながらイエティが襲いかかる。出久はそれを待っていたように、一気に駆けだした。イエティが獲物を狙い定め、あとを追う。

その方向を見て爆豪は出久の思惑に気づき、爆破で即座に追いかける。出久はイエティをひきつけ、湖に沈めるつもりなのだ。

吹雪は激しさを増し、視界を奪う。熱でだるい体はすでに麻痺して、自分の体ではないような感覚に襲われていた。

それでも動くのは、本能だ。

見栄もプライドもなくなったそのときに残っているもの。

人としての本質がむき出しになったもの。

とっさに、あるいはふとした瞬間に、あふれ出てしまうもの。

それは、生まれ持った魂の性質。

追いかける爆豪の脳裏に、出久に手を差し伸べられたときのことが蘇る。

出久はたとえ〝個性〟を持たないままだったとしても、何もできなかったとしても、ずっと誰かのために飛び出すのだ。

それは、ヒーローの本質。

『大丈夫？　立てる？』

あの手を差し伸べられた瞬間、畏怖とともに出久のなかにそれを感じとった。

自分が目指すべき場所に、一番遠いと思っていた相手が、自分よりも近くにいるんじゃないかとわかったときの焦りに似た恐怖。

そんな相手への苛立ちは、裏を返せば、負けるかもしれないと感じてしまった自分への怒りだ。

認めたくなくて目をそらし続けた。けれど、一度認めてしまえばラクになった。

それでも苛立ったのは、その相手が変わらないからだ。

環境も人間関係も様変わりし、本人も日々成長し続けている。

けれど、中身はちっとも変わらない。よけいな雑念も驕りも欠片さえなく、ただ透明な志のまま、まっすぐに走り続けている。

それはきっと、死ぬまでこの先も変わらない。

けれど、あまりにまっすぐで純粋すぎる想いは、いつか突然途切れてしまうような不穏さと並走している。

それがどこかでずっと歯痒かったのだ。

爆豪は吹雪のなかで巨大イエティの攻撃を避けている出久の後ろ姿を見た。

「デク!!」

「かっちゃん⁉　なんで」

「てめーの考えてることなんざお見通しなんだよ」

その言葉に、出久がわずかに目を見開き、小さく頷く。爆豪はイエティの前に飛び出すと、目の前で爆破を浴びせる。

「こっちだクソイエティ！」

爆破で飛び出す爆豪のあとをイエティが追う。その隙に出久がさらに先回りし、バトンタッチするように交互にイエティを誘って湖に導いていく。

見えてきた湖に爆豪が速度を上げ、飛び出す。追ってきたイエティがそのまま落ちるかと思いきや、寸前でピタッと立ち止まった。

爆豪は舌打ちしながら爆破で軌道を変え、イエティの頭上へ。

「⁉」

爆破をお見舞いしようとした爆豪がハッとする。イエティがジャンプして爆豪をつかんだ。

「かっちゃん！」

追いついてきた出久がイエティの腕に蹴りを浴びせた。バランスを崩すイエティを爆破し、爆豪が抜け出すと、二人は目も合わせずイエティの背後から同時に攻撃を繰り出した。

「スマッシュ!!」

「榴弾砲着弾（ハウザーインパクト）!!」

イエティが咆哮しながら湖に落下した。溺（おぼ）れたようにそのまま水中へと沈んでいく。

「手間かけさせやがって……」

吐き出すように言った爆豪の隣で出久がハッとする。

「……早くみんなを救（たす）けないと！」

そして駆けだそうとしたその瞬間、ピタリと吹雪がやみ、周囲が急に明るくなった。

「えっ？　なに？」

「あ？」

唖然（あぜん）とする二人に、天井から聞きなれた声がした。

『得点は緑谷と爆豪だな。おつかれさん』

「相澤先生……？」

声の主（ぬし）は相澤だった。天井にスピーカーがついているようだ。

「得点……？」

嫌な予感に爆豪が眉をひそめる。ポカンとする出久に、スピーカーからの声が続く。

『まさか、本当に春休みの息抜きに施設開放なんてするわけないだろう。春休みの特別授業だよ』

「で、でもあのイエティは」

『よくできたロボットだろう？　パワーローダーの力作だぞ』

「瀬呂くんが波動先輩から聞いたって噂話は……」

『あぁ、あれもこちらから波動に頼んだ。少しでも信じるようにな。合理的虚偽さ』

「……～っ、さすが雄英……！」

「ふざけてやがる……っ」

言いたいことをいろいろ呑みこんで納得する出久と、担任の手前静かに爆ギレする爆豪。

「おーい！　緑谷くん！　爆豪くん！」

「飯田くん！　みんな！」

てっきり捕らえられたとばかり思っていた飯田、上鳴、瀬呂、そして轟と切島もやってきた。飯田たちもさっき特別授業のことを聞いたという。

「一瞬でつかまれてさー、そのまま連れ去られたときはもう終わったかと思った……！」

「俺も、吹雪で、近づかれているのに気づけなかった……」

上鳴がげんなりし、飯田が反省するそばで瀬呂が憤る。

「お前らはまだマシだよ！　俺なんかトイレ直後だぞ？　一番気が抜けてる瞬間襲われて

み？　マジでなんもできねーって」

「俺はちゃんと対峙してたのに、やられちまった……」

「俺もだ」

切島と轟が猛省（もうせい）する。そんな面々に、相澤の声がかけられる。

『悪条件での敵（ヴィラン）との遭遇に対する反省点、改善点をそれぞれレポート提出するように。あぁ、それから、残りの生徒にはこの授業のことは絶対にもらすな。いいな？』

残りの生徒も順次、合理的虚偽（きょぎ）に騙（だま）されてこの授業を受けるのだ。

出久たちは返事をし、それぞれ顔を見合わせて脱力したように苦笑（くしょう）した。

「あ〜、ビックリした！」

笑うと、疲れも不思議と軽くなる。

とんでもないキャンプだったが、ヒーローを目指している生徒たちには授業だったとしても息抜き効果はあったようだ。

『新しいテントを用意してあるから、今夜はこのまま泊まれ。緑谷と爆豪は、保健室へ行け。体調管理も仕事のうちだ。今度から体調が悪いときは早めに申し出るように』

「……はい」

出久も体調が悪かったことに驚く面々に見送られながら、二人は出入り口へと向かう。

無言で歩くうちに、照明が再び夜になった。

「……イエティ、強かったね」

窺うように声をかけてくる出久に、爆豪がハッと笑って応える。

「余裕だったわ」

それに出久が笑みを浮かべ続ける。

「でも、本当にああいうUMAがいたら大変だよね。情報が少ないと対処のしようがないし。今回は湖があったからよかったけど、ない場合はどうしたらいいんだろう？　やっぱり……あっ？」

そのとき出久が雪に足をとられて転びそうになる。爆豪がとっさにその腕をとった。

「え？　ありがと、かっちゃん」

不思議そうに言う出久に、爆豪は苦虫を噛みつぶしたような顔になり、腕を放してその背中を蹴った。雪に顔から突っこんだ出久が振り返る。

「ぶはっ、なんで⁉」

「うるせえ、さっさと歩けや」

本物のように煌めく星の下、そう言って歩きだす爆豪を出久が「待ってよ、かっちゃん」と追いかけていった。

エリの七五三

「え？　エリちゃん、七五三やってないの⁉」

風呂上がりにいつものように教師寮のソファでミッドナイトに髪をとかされていたエリは、驚かれたことにびっくりして目をパチパチとさせた。そのそばにいた13号も「本当ですか？」と声をかける。

「う、うん」

七五三という着物を着る行事のことを訊かれ、ただ「ない」と答えただけなのにどうしてこんなに驚かれるんだろうとエリは不思議に思う。

きょとんと見上げるエリに、ミッドナイトと13号は、とまどった顔で目を合わせた。

「……そっか～……」

「……まぁ……転々としてましたしね……」

少し悲しそうな顔になった二人に、エリは少し迷いながらも疑問をぶつけた。

「あの、七五三って……？」

その疑問にミッドナイトが気を取り直したように笑みを浮かべた。

「……七五三っていうのはね、子どもの健康を願って神社にお参りにいく行事よ」

地域によっても違うが、数え年で行ったり、満年齢で行ったりする。一般的には数え年で行う場合が多く、一二月生まれのエリは、女の子なので満年齢で一歳と五歳のときに七五三のお祝いをしているはずだ。

さすがに一歳のときは覚えていないにしても、五歳なら着物を着たかどうかぐらいは覚えている。

「はつもうで?」

「ううん、七五三はたしか……いつだったかしら?」

13号が携帯で調べる。

「……一一月一五日ですね!」

「とっくに過ぎちゃったか〜」

しまった〜と後悔するように顔をしかめるミッドナイトだったが、パッと目を見開いた。

「……今からでもやりましょ」

「え?」

「正式な七五三じゃないけど、いいじゃない。成長を祝うってことが大事なんだから」

「……それもそうですね。やりましょう!」

盛り上がる二人をエリはきょとんと見上げた。


数日後。

雄英の施設内で、エリは通形ミリオと相澤に見守られながら〝個性〟の特訓をしていた。

触れた生物の構造を過去の形に修復する、巻き戻しという強力な〝個性〟だ。

エリは集中し、しおれている花に触れる。額の角が光り始めると、しおれていた花がみるみるうちに生き生きとまた咲きはじめた。

「……はふっ」

パッと手を放したエリが、緊張から解かれたように息を吐く。近くで見ていたミリオが満面の笑みで言った。

「すごいすごい！　植物はもうすっかりお手のものだね！」

手放しで褒めるミリオにエリは嬉しそうに笑う。

「それじゃ……次は昆虫いってみよう」

そう言って相澤がエリの前に足の取れてしまった昆虫を持ってきた。昆虫はうまくバランスがとれず、ウゴウゴと彷徨うように蓋の開いたケースの中で動いていた。

訓練はいつも植物を巻き戻すことから始まり、次は小さい生き物から大きい生き物へと巻き戻していく。訓練に使う昆虫などの生物は、森でもともと負傷しているものをみつけてきている。

「……うん」

生き物を目の前にしたとたん、エリから笑みが消え、緊張した面持ちになる。

「大丈夫。落ち着いて」

「……うん」

ミリオの声にしっかりと頷きながら、エリは集中していく。

（だいじょうぶ……だいじょうぶ……足を治してあげるだけ……）

自分に言い聞かせるように心の中で唱えながら、そっと昆虫に触れる。そのとたん、足が生え始める。元に戻った瞬間にパッと手を放したエリが「はふぅ～」と脱力した。

「やったね！　ほら、虫も元気になったよ！」

「よかったぁ……」

「昆虫の巻き戻しも慣れてきたね」

相澤が穏やかに話しかける。

ここのところの特訓で、小型の虫などの巻き戻しはほぼ成功していた。相澤が「それじゃ次はトカゲ……」と言いかけると、エリはさっきより緊張したように体を固くした。

その様子に相澤とミリオが心配そうに顔を見合わせる。

トカゲを巻き戻す練習も何度かしている。けれど、昆虫と比べて爬虫類は、よりリアルに生き物として感じてしまうのか、成功する確率は半々だった。巻き戻しすぎてしまう前に、いつも相澤が〝個性〟の抹消で止めている。

「……少し休憩しようか？」

相澤がそう訊くと、エリは少しとまどうように眉を寄せたが、ブンブンと首を振った。

「……がんばる」

相澤が持ってきたのは尻尾の切れたトカゲだった。トカゲは身の危険を感じると、回避するために尻尾を自ら切り捨てる。また生えてくるので命に問題はなく、今もケースのなかをチョロチョロと動き回っている。

「……いきます」

エリは緊張した面持ちで、集中しようとする。

（だいじょうぶ……だいじょうぶ……がんばれる……）

そっとトカゲに手を触れる。けれど、うまく集中できないのか、なかなか〝個性〟が発動できない。

「大丈夫だよ。ゆっくりいこう」

安心させてくれるミリオの声にエリが小さく頷いた。大きく深呼吸し、集中していく。

（だいじょうぶ……だいじょうぶ……）

再びエリがトカゲに手を伸ばした。突然トカゲがエリの腕に乗り、そのまま走りだす。

「わっ……⁉」

驚いたエリが、とっさにトカゲを止めようと捕まえる。手の中で暴れる生き物を、反射的にきつく握ってしまったそのとき〝個性〟が発動した。

一瞬でトカゲの尻尾が生えた。勢いは止まらず、トカゲの体が見る見るうちに巻き戻り小さくなっていく。

瞬間、エリは体の芯が冷たくなるのを感じた。

（――お父さん）

相澤が〝個性〟で止めたが、およそ一五センチほどだったトカゲは、指先に乗るほど小さな赤ちゃんに戻っていた。

「……ごめん……なさい……」

小さな声で謝るエリに、ミリオはニコッと笑って頭を撫でる。

「こういうときもあるさ！　そのための特訓だ！」

「少し休憩しよう」

「……ううんっ、やり……ます……」

「でも」

「だ…だいじょうぶ……」

どこか必死なエリに、相澤は別の昆虫を持ってくる。まず巻き戻しの感覚を自分のものにするのが、エリが〝個性〟をコントロールできる方法だと考えていた。

エリは懸命に集中しようとする。

(だいじょうぶ……だいじょうぶ……)

だが、再度集中して対象に指をのばしかけたとたん、また体の芯がヒヤリと冷たくなってしまう。寸前で止まってしまった指が小さく震える。

(――お父さんみたいに消してしまったらどうしよう……)

エリは〝個性〟を発現したとき、彼女に触れた父親を巻き戻しで消してしまっていた。

そのせいでエリは実の母親に捨てられ、祖父の死穢八斎會組長のもとに引き取られ、若頭のオーバーホールの企みに利用されてしまったのだ。

出久たちによって救出されたエリは、役に立ちたいと〝個性〟の訓練をがんばってきた。

けれど、ふいにそのことを思い出してしまい、〝個性〟を使うのが怖くなってしまった。

「……休憩しようね」

相澤の言葉に、エリはうつむいて、こくんと頷く。

ミリオが声をかけようとしたそのとき、ミッドナイトが荷物を手に入ってきた。

「今、大丈夫？」

「ちょうど休憩するところです」

「よかった」とミッドナイトがエリに近づく。

「エリちゃん、着物届いたわよ。ほら、これ」

なんだなんだとミリオと相澤もミッドナイトが広げた着物を見てみる。ミッドナイトの実家から送ってもらったものだ。色とりどりの花が咲き誇っている、華やかな着物。

「一番にエリちゃんに見せたくて。絶対似合うわよ」

エリもその着物に「わぁ……」と目を輝かせる。その顔を見たミッドナイトが嬉しそうに続けた。

「あと帯どめも髪飾りもキレイなのよ」

「すごいな～！　ミッドナイトが七五三で着たものですか？」

「そうなの。物持ちいいでしょ」

「大事にとってあったんですね」

相澤のその言葉に、エリが小さくハッとした。

SMASH
わあ
MY HERO ACADEMIA
僕のヒーローアカデミア

大事なもの。大切なもの。

（……わたしが着てもいいのかな……？）

エリの〝個性〟で巻き戻るのは生物だけだ。だから触れてもなんの問題もない。けれどエリは、どうしても手を伸ばすことができなかった。

「エリちゃん？」

エリの沈んだ表情にミッドナイトが気づく。

「エリちゃん！　ジュースでも飲みに行こうか！」

ミリオが笑顔でエリに手を差し出すが、エリの顔に浮かんでいるのはとまどいだった。

「あ……………あの、わたし……ひとりでおさんぽしてくる……」

絞り出すような声でそう言って、エリは一人で施設の外に出た。冷たく澄んだ空気をかき分けるように駆けだし、建物の陰に入ると大きく息を吐き出す。

みんなが大好きなのに、どうしてか胸がきゅうと苦しかった。そんな胸を隠すようにエリはしゃがみこむ。膝に顔を埋めると自分の体温が伝わり、少しだけ温かくなる。けれど、その分だけひとりぼっちになった気がして、心細くもなった。

（……わたし、〝個性〟を上手につかえるようになるのかな……？）

たくさんの人が協力して救け出してくれた。デクさんもいっぱいケガをして、ミリオさ

んも〝個性〟が消えてしまった。

わたしを救け出すために。

エリの胸がまたきゅうと苦しくなる。役に立ちたい。ミリオさんの〝個性〟を戻したい。

そのために訓練をがんばっている。

けれど。

（……できなかったらどうしよう……）

そうしたら、また別の場所に行かなくちゃいけないのかな……？

胸が苦しくなると、どうして喉がいたくなるのかな。

「……っ」

泣いちゃだめ。

泣くのを我慢するエリの視界がどんどんぼやける。それでも唇をきつく結んで必死に泣くのを我慢していたそのとき、どこからか「みゃー」と猫の鳴き声がした。

「……ねこちゃん？」

エリは目元をごしごしとこすってから、鳴き声のするほうに近づいていく。

近くの植木の下を覗くと、真っ白な子猫がいた。

「ねこちゃん」

エリに気づいた子猫は警戒しているように「シャー」と威嚇してきた。子猫の後ろ足に赤い跡があるのに気づく。

「……ねこちゃん、ケガしてるの？　だいじょうぶ……？」

エリが手を伸ばしかけて、ハッとして止める。

触れたら、また消してしまうかもしれない。

躊躇したそのとき、子猫がケガした足を引きずりながらダッと駆けだした。

「ねこちゃん！」

エリは思わずあとを追いかける。しかし猫はケガをしていてもすばしこく、追えば追うほど必死に逃げていき、いつのまにか森林地区へとやってきた。

「ねこちゃ〜ん……？」

エリは木の陰などを探していくが、完全に見失ってしまった。

しかしそのとき、近くから声がした。

「……猫、探してるの？」

それは心操人使だった。少し前からエリに気づいていたが、何をしているんだろうと声をかけるタイミングを見計らっていたのだ。エリの存在は、雄英で預かることになったときに学校から生徒たちに知らされていた。

話したことのない人から突然声をかけられ、エリは「は、はい」と驚きながら答える。

「俺も、ちょうど探してたんだ。もしかして子猫……？」

心操の手には、ウエットタイプの猫のごはんがあった。エリが頷くと、心操が続ける。

「少し前に生まれた子猫かな。どんな色だった？」

「まっしろ……」

「その子猫だ。その子だけ昨日ごはん食べに来なかったから」

心操の心配そうな声色に、エリは少しホッとする。

（この人、ねこちゃんすきなんだ）

そして、ケガをしていたことを思い出した。

エリからそれを聞いた心操は、ますます心配そうに眉を深く寄せた。

「走れるなら、まだ大丈夫だと思うけど……悪化しないうちに手当しないとな」

「はい」

そこで改めて気づいたように心操はエリを見た。

「ここにいること、誰かに言ってきた？」

「あ……言ってない……」

「それじゃ、戻ったほうがいいよ。送ってくから」

そう言って踵を返し歩きだそうとした心操に、エリは引き止めるように「あ……」と呟いた。ついてこようとしないエリに心操が気づく。

「どうしたの？」

「………ねこちゃん、早くさがさないとまいごになっちゃう……」

それもエリの本音だが、まだ戻りたくないという気持ちもあった。

心操はどこか必死なエリの表情に複雑そうな何かを感じ取る。

「……それじゃ、少しだけ一緒に探そうか。少ししてもみつからなかったら戻ろう」

その言葉にエリはコクコクと頷く。すぐ帰されなかったのにホッとして、小さく息を吐く。そして二人で子猫を探した。

「ねこちゃーん」

「おーい、ごはんだぞ」

森林地区のなかを移動していくと、少し開けた場所から声が聞こえてきた。

「クソ遅えな！　デク！」

「わっ……！」

出てきた名前にエリと心操はそっと窺い見る。そこには、特訓中の出久と爆豪がいた。

出久は黒鞭で近くの木をつかんで飛びながら、捕まえようとしてくる爆豪から逃げてい

る。爆豪は爆破で細かくすみやかに軌道を変えながら、出久を捕まえ爆破を浴びせた。出久の頭がアフロになる。

「爆豪少年っ、捕まえてからの爆破はそこそこに……！」

出久たちを近くで見ていたオールマイトがそう声をかける。

その姿を見た心操は思わず「オールマイト」と呟いた。一緒の学校にいても、揺るぎないナンバーワンヒーローだったオールマイトの存在はやはり特別感があるのだ。そして、それとは別に気になる存在に心操が目を移す。

「緑谷……」

「デクさん」

心操とエリが同時に呟いた。思わず顔を見合わせる。

「デクさんとおともだちなんですか？」

「……友達ってわけじゃない」

不思議そうに見上げてくるエリに心操は困ったように考えこんだ。そしてポツリと呟く。

「……一番負けたくない相手かな」

エリにはよくわからなかったが、心操が出久を嫌っていないことを感じてなんとなく頷いた。

心操は自分の説明に少し気恥ずかしくなりながら、出久をずっと見ているエリに気づく。

「……声、かけないの？」

「……えっと……とっくんちゅうだから……」

そう言いながらエリは、出久たちから身を隠すように木の陰で縮こまる。

「オラ！　次、さっさと逃げやがれ!!」

「お願いします……！」

「緑谷少年！　もっと集中して！」

「はい！」

「目ぇつぶっても捕まえられんぞ！　そのアフロ、もっとチリチリに燃やしたらぁ！」

その様子を見ながら心操が思う。

（あの合同授業のときに出た〝個性〟の特訓してるのか……。それにしても……）

爆豪の容赦ない爆破と怒号の背後で、言葉を濁すようなエリの態度に、心操はさっき感じたことが当たっていたとわかった。

踏みこんでいいものか躊躇したが、このまま放っておくことはできなかった。ヒーローを目指す者は、やはりみんな基本的にお節介なのだ。

心操は同じように木の陰に移動し、口を開いた。

「——何かあったの？」

そう訊かれたエリは、少しびっくりしたように心操を見る。

エリは初めて会った心操からそんなことを訊かれるとは思っていなかった。

「誰かとケンカでもした？」

エリはふるふると首を振る。

「……先生に怒られたとか」

エリはブンブンと首を振る。そしてポツリと言った。

「先生も、ミリオさんもみんなやさしい……」

「……そうか。ごめん、ヘンなこと訊いた」

そう言う心操に、エリはふるふると首を振る。

少し話すうち、エリは自分の気持ちを誰かに、目の前の心操に聞いてほしくなっていた。

小さな胸に閉じこめられている想いが、言葉となってあふれ出す。

「……あのね……」

〝個性〟の特訓がうまくいかなかったこと、こんな自分じゃダメなんじゃないかということをポツリポツリと話す。心操は短く相槌(あいづち)を打ちながら、じっとそれを聞いていた。

話し終えたエリに心操は「そうか」と応(こた)えて黙りこむ。

（……もしかしてあきれてるのかな……？）

黙ったままの心操に、エリは困惑しながら窺うように見る。その視線に気づいた心操が、じっとエリを見て言った。

「……すごいね」

「え？」

「俺が子どものころなんて、特訓なんかしたことなかったから。がんばってて、すごいなって思った」

エリが目をパチクリさせる。心操は空を見上げた。木々の隙間から青空が見える。

「……俺も、今、特訓してるんだ。ようやくつかみかけてきたけど……でもまだまだだな。……イレイザーヘッド……相澤先生が言ってたけど、がんばってるのが辛くなるときは成長中だからだって言ってた」

「せいちょうちゅう……？」

首をかしげたエリに心操が口を開きかけたそのとき、後ろから声がした。

「エリちゃーん！」

ミリオの声だった。どうしようととまどうエリの代わりに心操が「あの、ここにいます」と応える。やってきたミリオはエリの姿を見ると、安心させるようにニコッと笑った。

「エリちゃん、急にいなくなるからビックリしたよ」

「……ごめんなさい……えっと……」

「……あの、ケガした子猫探してて、それでここまで来ちゃったみたいです」

そう言う心操にミリオが「キミは？」と反応し、向き直る。

「心操人使です」

「……あぁ！　たしか、普通科からヒーロー科に転入予定の子かな⁉　よろしく心操くん。それで子猫は――おや？　あれは緑谷くん？」

ミリオが特訓中の出久たちに気づく。

「うわっ……⁉」

出久が操る（あやつる）黒鞭（クロムチ）が枝にからまったまま爆豪の足を巻き取り、そのまま爆豪が枝から吊り（つり）下げられて（さげられて）ぷらーんと揺れていた。

「……てめえワザとだったらマジでぶっ殺す……!!」

爆ギレする爆豪を前に、出久はブツブツと考えこむ。

「枝から枝をしっかりつかまなきゃって思ったらコントロールが甘くなっちゃうな……う～ん、つかんで放すっていう動作をもっとスムーズに……」

「まず話を聞けや!!　んでいいかげん下ろせ、クソが！」

「あっ、ごめん！」

爆豪をなんとか放すと、出久はすぐにブツブツと分析し始めた。そんな出久を見守っていたオールマイトが声をかける。

「緑谷少年、まずイメージしてごらん。枝から枝へ飛び移るイメージだ」

「はい！　枝から枝へ……」

出久はイメージしているのか目を閉じ、そしてパッと目を開いて「お願いしますっ」と声をかけ、ダッと駆けだした。爆豪にあとを追いかけられながら、枝に黒鞭を伸ばす。枝から枝へと一、二回ならなんとか移動できるが、続けてだととたんに黒鞭が勢いを失ったり、狙いから外れたりしてしまう。その間に爆豪にタッチされて再び爆破された。

「う～ん……もっとこう勢いよく……もしかして頭で考えすぎてるのかな？」

出久は爆破でプスプスと髪の毛を焦がしながらも、ブツブツと分析を続ける。

「少年！　まず――」

「そんなんで俺を追いかけさせるなんざ一〇〇万年早ぇんだよ！　まずは反復運動で体に叩きこめや！」

「あっ、そうだね！　やってみる！」

「的確なアドバイス……」

シュンとするオールマイトの前で、出久が枝から枝へと移っていく。だが、数回目に枝をつかめず落下した。

「あっ」

じっと見ていたエリがハッとする。

エリが見ていると気づいていない出久は、すぐに立ち上がり、再び枝から枝へと移っていく。だがやはり、なかなかうまくいかずつかみ損(そこ)ねては落下した。

「もっとこう……つかんで放すイメージで……」

それでもまたすぐに態勢を整えて黒鞭(クロムチ)を枝に伸ばす。つかみ損ねたり、うまく伸ばせなかったりしながらも、何度も何度も黒鞭(クロムチ)を伸ばし続ける。

「惜(お)しい！　あっ、もうちょっとこっち……！　ああ～！　大丈夫、大丈夫！　次、次！」

小声ながらも出久の特訓を応援するミリオの横で、心操が少しあきれたような感心したような声で言った。

「……本当、緑谷って、めげないですよね」

「……めげない？」

「……あきらめないってことだよ」

心操に教えてもらった意味を考えて、エリは再度出久を見た。

何度も失敗しているはずの出久の表情は、常に次にどうするかしか考えていないように見える。

不安も、迷いもなく、ただ一歩先の未来を見据えていた。

「……どうしてデクさんは、あんなにがんばれるんだろう……？」

ふとこぼれたエリの言葉に、ミリオが振り向く。そしてニコッと笑って言った。

「なりたい自分があるんだよ。緑谷くんは、そんな自分に向かってまっすぐ走ってるんだろうね」

心操も出久を見ながら「……わかる気がします」と小さく頷く。

エリは笑顔のミリオをじっと見上げる。

その言葉は、そのままミリオのことのように思えたのだ。

〝個性〟をなくしてから、ミリオはずっと特訓を続けていた。エリの特訓を見守ったあと、一人で走ったり、ときには天喰環やねじれと一緒にトレーニングしたりしているのをエリは何度もみかけていた。

プロヒーローを目指す者にとって〝個性〟をなくすことは、その夢が断たれるほどの大きな出来事だ。

けれど、エリはミリオが辛そうな顔をしているところを見たことがない。一生懸命がん

ばっている真剣な顔はあるけれど、それ以外はいつもにこにこと笑顔でいてくれる。

常に笑顔でいてくれる人。

周りに優しくできる人。

そんな人は、自分の辛さや弱さを、自分で慰められるとてつもなく強い人だ。

師であるサー・ナイトアイの死から、ミリオが泣いたことはない。

笑っていろというナイトアイの最後の言葉を胸に、夢に向かっていくと決めたのだ。

(ミリオさんも、デクさんも、みんな、なりたい自分になるためにがんばってるんだ)

そう思うエリの胸が、急に温かくなる。ぽかぽかと、トクトクと、心臓が早くなる。

「いでっ」

出久が落下した。「もっとこう……」と今の改善点を分析して、再度黒鞭を枝に放つ。

「……がんばって……！」

エリが見守るなか、出久の黒鞭が枝にからみつき、それを支えに出久が移動する。同時に次の枝へとまた黒鞭を伸ばし、次の枝へ。

ここまではなんとかできていたが、その先がなかなか続かなかった。

けれど今回、出久はその次の枝へしっかりと黒鞭を伸ばし、つかんだ。

「わっ……！」

驚くエリの前で、出久が続けて次の枝へと黒鞭(クロムチ)を伸ばす。そしてやっとコツをつかんだのか、スムーズに枝から枝へと移動していく。

「やった！　やりました！　オールマイト！」

着地し、満面の笑みでオールマイトを振り返る出久。それに「うんうん！」と同じく満面の笑みで頷くオールマイトの隣で、爆豪が待ちかねたように爆破(ばくは)で飛び出した。

「おせーんだよ、ノロマが！」

「えっ、いきなりかっちゃん⁉」

そして再び特訓が始まった。

「やっぱりデクさんはすごいなぁ……！」

出久の成功に目をキラキラと輝かせるエリに、ミリオも「うんうん！」と頷く。そのとき、後ろから声がした。

「ふふふ、青春ってやっぱりいいわね～」

「ミッドナイト。いつのまに？」

ミリオが驚く。ミッドナイトが木にもたれながら、うっとりと出久たちの特訓に魅入(みい)られていた。エリを探しているうちに青春の匂(にお)いを感じてやってきたのだ。

「せいしゅん……？」

そういえば何度か聞いたことはあったが、どういう意味なんだろうときょとんとするエリに、ミッドナイトは少し考えてから言った。

「そうね……一生懸命生きてるってことかしら」

その意味に、エリは目をパチパチさせる。

「……わたしも青春できるかなぁ……？」

そんなエリにミッドナイトはしゃがみこんで、にっこりと微笑(ほほえ)んだ。

「できてるでしょ」

小さく驚くエリに、ミッドナイトは「でもね」としっかりと目を見て言う。

「どこかに行くときはちゃんと言わなきゃだめよ？　みんな心配するから」

「はい……」

しゅんとするエリの頭を優しく撫でてから、ミッドナイトは周囲を見回す。

「ところで、なんでこんな所に？」

「それは――」

心操が説明しようと口を開いたそのとき、近くから「ミャー」と鳴き声がした。

心操とミッドナイトが瞬時にその鳴き声のほうを向く。少し離れた木の陰から、白い尻尾が見えていた。

「あら、猫ちゃん〜」

とたんにメロメロになるミッドナイトに心操が言う。

「あの子猫、足をケガしてるみたいなんです。だから探してて」

「ケガ？　それは大変ね」

心操が自分の口に指を当て、声を出すのをやめて、そっと子猫に近づいていく。ミッドナイトも猫好きの阿吽の呼吸で、その反対から回りこむように近づいていった。だが、その途中で気づかれてしまい、子猫があわてて駆けだす。それより先に駆けだしたミリオがダッと回りこんで、サッと子猫を捕まえた。みんなが急いでミリオのもとへ駆け寄る。

「よかった……ありがとうございます」

お礼を言う心操にミリオは「いやいや」と笑顔で返す。その腕のなかで子猫は「ミャー、ミャー」と必死に鳴いていた。エリが心配そうに訊く。

「ねこちゃんのケガは……」

ミリオが抱いたまま膝をつき、心操がケガをしている部分の毛をそっと掻き分け傷口を見る。何か所かまるで突き刺されたような傷から今も血がにじんでいる。それを見たエリが自分まで痛そうにギュッと眉をしかめた。

（ねこちゃん、痛そう……）

子猫は「ミャー、ミャー」と必死に鳴き続けている。

(痛いね……痛いよね……)

エリには、鳴き声が泣き声に聞こえた。必死に救けを求めている泣き声に。

「……っ」

エリは、ぎゅっと自分の手を握りしめる。

「……もしかしたらカラスにでも突かれたのかも」

予想以上のひどい傷に心操は顔をしかめる。ミッドナイトが言った。

「これ、医者に診せたほうがいいんじゃない？　リカバリーガールは……あっ、ダメだ。今日、帰ってくるの遅くなるんだった」

「——とりあえず、手当します」

心操がそう言って立ち上がったそのとき、エリが言った。

「わ、わたし、救けたい……っ…です……」

ミリオたちが驚いてエリを見る。エリは恐る恐る自分の手を見てから、ミリオに言う。

「わたしの〝個性〟で……」

ミリオはその視線を受け止めてから、ミッドナイトを見る。少し考えてから、ミッドナイトが頷いた。ミリオはそっと子猫をエリに抱かせる。

ミリオを見上げた。

「大丈夫。猫ちゃんを治せるよ」

エリがこくんと頷き、腕のなかの子猫を安心させるように話しかける。

「ねこちゃん……だいじょうぶだよ……」

手に感じる温もりに、命の重み。

傷ついて泣いているこの小さな猫から、痛みをとってあげたかった。

（だいじょうぶ……だいじょうぶ……）

エリは〝個性〟を使うべく集中し始める。角が光り始め、子猫が驚いたように一層激しく鳴きだした。

驚くエリの角から光が消える。その瞬間、心の奥にあの冷たさが蘇った。

（ねこちゃんを消しちゃったら……）

そう思うと、とたんに体が固まる。心臓が誰かに強く握られているようにぎゅうっとしたそのとき、出久の声がした。

「大丈夫!!」

それは訓練の合間の自分自身への言葉だったが、エリには心強い応援に聞こえた。さっきの、何度失敗してもチャレンジを続けた出久の姿を思い出すと、また胸がぽかぽかと温

かくなるのを感じる。

「――だいじょうぶ」

しっかりと自分に言い聞かせるように呟いたエリが、再び集中する。

角が光ると、子猫の傷がゆっくりと塞がるように巻き戻っていく。あっというまに傷が消え、血の跡もなくなった。それを見届けたエリがパッと手を放し、「……はふぅ～」と大きく息を吐き出す。

「……やったエリちゃん！　子猫の傷が治ったよ!!」

歓喜するミリオに、エリもホッと笑顔を浮かべる。子猫は何が起こったのかわからずきょとんとしていたが、エリのもとを離れず「ミャア」と鳴いて、エリの手をペロペロと舐めた。それを見た心操が言う。

「それはね、お礼を言ってるんだと思うよ。救けてくれてありがとうって」

それを聞いたエリが、そっと子猫の頭を撫でる。

「……痛いのなおった？　よかったねぇ」

ふふふと嬉しそうに笑うエリに、見守っていたミッドナイトとミリオが笑みを深くした。

それから子猫は心操の持ってきたごはんをペロリと食べ、気ままに駆けだしていった。

「じゃあ、俺はここで」

教師寮に戻るエリたちに、心操がそう言って歩きだす。だが、「……あ」と何か思い出したように戻ってきた。そしてエリに言う。

「……さっき言ってた成長中って意味は、これからできるってことだよ」

「これから……」

そう言って心操は去っていった。エリはその言葉を「……これから」と噛みしめるように呟く。

「さ、行きましょ」

ミッドナイトに促され、ミリオとともにエリは歩きだす。

「また、あのねこちゃんに会えるよね？」

「もちろん！　楽しみだね！」

ミッドナイトが「うん」と嬉しそうに応えるエリを見る。そして、少し迷ってから声をかけた。

「ねぇエリちゃん……、七五三のこと勝手に進めちゃってごめんね……？　やりたくなかったら、べつにいいの。エリちゃんが健康に育ってくれるだけで十分なんだから」

申し訳なさそうな困ったような笑顔でそういうミッドナイトに、エリは少し驚いてから、そっと考えこんだ。そして顔を上げて言う。

「……七五三、やりたい、です。着物、とってもきれいだったし……」

「……本当？　それじゃあやりましょう！　あっ、千歳飴も用意しなきゃね！」

「ちとせあめ？」

「ながーい棒みたいな飴よ。舐めても舐めてもなかなかなくならないくらいの」

「なくならないアメ……」

エリが美味しそうな長い飴を想像して、ちょっぴりよだれを垂らす。俄然、七五三が楽しみになってきた。

（ミリオさんにも、デクさんにも見てほしいな。…あのとき救けてくれてありがとうって）

エリは二人に見せるときを想像しながら、ふとあたりを見回す。

少し離れたところに見える校舎。

――私もいつか、デクさんたちのようにここで一生懸命がんばってみたい。

そんなことを思った胸が、トクンとした。

「エリちゃん？」

「……なんでもない」

不思議そうなミリオに笑顔で応えてエリは歩きだした。

いつかの未来、ここを制服姿で歩く自分を想像しながら。

Part.5

U.Aスタジオ・PV作戦

「経営科との特別授業があります」

　朝のホームルームで突然告げられた相澤の言葉に、Ａ組はきょとんとした。

　雄英高校はヒーロー科、サポート科、普通科、そして経営科と分かれていて、ヒーロー科とサポート科はアイテムやヒーロースーツのことで時折、連携することもあるが、ふだんは他科とあまり関わることはない。

「はいっ！　それはいったいどういう授業になるのでしょうか？」

　バッと手をあげて質問する飯田に、相澤が答える。

「経営科によるヒーロープロデュースだ。経営科の生徒とペア、もしくはグループになり、一分以内のヒーロープロモーション映像を作る。そして普通科生徒による投票で順位を決める。ちなみにＢ組と合同だ」

　それを聞いた生徒たちから「へえ〜」「おもしろそう！」などと声があがった。ふだん、厳しい訓練をしているので、毛色の違う授業は単純に楽しみだった。それに、プロモーション映像を撮るのはまるでプロヒーローみたいでワクワクする。

少し浮かれた教室の空気に相澤が軽く咳払いをすると、A組は一瞬で静かになった。

「いいか、これはあくまで経営科主導の授業だ。どんなヒーローになるのかは経営科の生徒次第。つまり、プロモーション映像を作るときは、全部あちらの生徒の言うとおりのヒーローを演じろということだ」

最後の言葉にわずかな不穏さを感じた生徒たちだったが、相澤の目力におし黙る。

「ペア及びグループは事前に経営科で決めてある。これから顔合わせだ。行くぞ」

相澤に促され、A組は経営科に向かうべく教室を出た。

「プロモだって！　カッコかわいく撮ってほしい～！」

「ね～！」

芦戸と葉隠がピョンピョンと跳ねる横で、お茶子が恥ずかしそうに両手を頬に当てながら言った。

「や～でも、カメラで撮られるってなんか照れる！」

「ウチも……。やだな～」

同意しながら顔をしかめる耳郎に、梅雨と八百万も苦笑しながら頷いた。

「こういうの初めてだものね、ケロ」

「少し緊張しますわね」

そんな女子たちの近くを歩いている口田が隣の障子に話しかける。

「なんだか恥ずかしいね」

「だがこれも授業だからな」

二人の横で常闇が呟く。

「プロモーション映像など夢幻泡影……」

その後ろには飯田と出久と轟が歩いている。

「プロモーション映像か。最近そういうのに力を入れている事務所が多いみたいだな」

「新人を売り出すときには、それがかなり重要になってくるからね。もちろん、やらない所もあるけど、一発でこういうヒーローですって伝わるから。そうそう、ヒーロー事務所受けるときに個人で作ってくる人もいるらしいよ！」

「そういうもんか」

その近くにいた峰田が話しかけてくる。

「なに言ってんだよ、轟！　プロモ次第でモテるかモテないかが決まるんだぞ⁉」

「べつにモテなくてもいいだろ」

「これだからイケメンは‼」

憤慨する峰田の隣から上鳴がウキウキとした様子で言った。

「オレ、超カッコよく撮ってもらいてー！　クール系！」

「僕は絶対キラキラさ☆」

髪をファサッと掻（か）き上（あ）げる青山（あおやま）に、瀬呂（せろ）と尾白（おじろ）が苦笑（くしょう）する。

「それじゃいつもと変わんねーじゃん」

「でも青山がキラキラしてないのは想像できないな」

その後ろにいる爆豪（ばくごう）がチッと舌打ちする。

「クソ面倒くせぇ授業だな」

「まーまー爆豪！　おもしろそーじゃねーか！」

なだめる切島（きりしま）の横で砂藤（さとう）が言う。

「たまにはこういうのもいいよな。今日のデザートはティラミスだからがんばれ！」

「なんで俺がデザートに釣（つ）られると思っとんだ！」

わいわい言いながらA組は経営科へと向かっていく。

その先頭にいる相澤は、いまだ自分の運命を知らずにいる生徒たちを不憫（ふびん）に思い、わずかに顔をしかめた。

「まぁ……せいぜいがんばれ……」

呟いたその言葉は、誰にも聞き取られず廊下に消えた。

そして、一週間後。

壇上に大きなスクリーンを張った体育館に、サポート科を除く1年の全クラスが集められていた。今から経営科によるヒーロープロデュースのプロモーション映像の発表会だ。

スクリーンが見えやすい中央に座っているのは、投票する普通科の生徒たち。そのなかにはもちろん心操もいる。その横はパーテーションで仕切られており、中で経営科とヒーロー科の生徒が出番を待っていた。ヒーロー科の生徒たちは全員、フードつきの黒マントを羽織っている。経営科の生徒が考えたヒーロースーツを着ているので、映像披露のあとに脱ぐ手はずになっていた。

普通科の生徒たちもふだんない合同授業に、わいわいと盛りあがっている。

だが一方、ヒーロー科の生徒たちの顔はA組B組もれなく全員深刻なものだった。

「……誰かウソだって言ってくれよ……」

「マジでやんのか……?」

まるで葬式のような暗い呟きがあちこちで聞かれる。空気もどよんと澱んで、今にもカビが生（は）えてきそうだ。そんな生徒たちのもとに担任のブラドキングと相澤がやってきた。

「お前らの気持ちはわかる！　だが、これも大事な授業だぞ。覚悟決めて舞台に立て！」

「プロヒーローになれば、理不尽（りふじん）なことは一つや二つじゃすまない。これはそのための予行演習でもある。……いいか？　ヒーローとしてのプライドは持て。だが、人前に立つときは恥は捨てろ」

熱弁するブラドキングと、脅（おど）すように諭（さと）す相澤。

信頼の厚い担任たちの言葉に、生徒たちはそれぞれ覚悟を決めた。

そして、経営科プロデュースによるヒーロープロモーション映像鑑賞授業が始まった。

順番はA組から出席番号順で披露されることになっている。

一番手は青山だ。プロデュースした経営科の生徒とともに壇上に上がる。経営科の生徒が軽い自己紹介をしてから、コンセプトを話し始めた。

「えー、コンセプトは病弱ヒーローです。病弱だってヒーローになれるんだという社会への強いメッセージを表現しました。それでは、ご覧ください！」

そして映像が始まった。

病室でベッドに寝ながら点滴（てんてき）を打たれている青山が、テレビの力強そうなヒーローを見ている。

「……僕も……僕もヒーローになりたい……！」

場面が薄暗い路地裏(ろじうら)へと変わり、そこへやってきた敵(ヴィラン)がハッと驚く。

「な、なんだ、お前は⁉」

敵(ヴィラン)の前に入院着を着て、点滴をもった青山が立ち塞(ふさ)がった。

「残り少ないこの命、僕は正義のために生きる……！」

カッコよく決めたそのすぐあと、ゴホゴホッと咳(せ)きこんで倒れこみ、吐血(とけつ)する青山。

敵(ヴィラン)が思わず「大丈夫か？」と近づいた瞬間。

「なんちゃって目つぶしビーム‼」

「ぐわあああ～！」

青山のサーチライトをぶちかまされ敵(ヴィラン)が倒れる。

「病弱だって武器のうち……病弱ヒーロー・青色吐息(といき)……っ」

そう言いながら青白い顔でカメラに向かってウィンクして、映像が終わった。そして壇上でマントを脱いだ入院着の青山が普通科の生徒に向けて、しこんでいた血糊(ちのり)をグハッと吐き出す。

「よ、よろしくね……☆」

普通科の生徒たちがポカーンとしていた。

ヒーロー科の生徒たちは予想以上の地獄の空気に震えあがる。

Ａ組とＢ組は、それぞれ顔合わせの際、プロデュースするヒーロー像の説明を受けたときから、今日の発表会に怯えていた。なぜなら、経営科の生徒たちのプロデュースしたいヒーロー像は、すべて思った以上のトンチキなものだったからだ。

優秀な雄英生とはいえ、学生は学生。日頃から温めていたヒーロープロデュースのアイディアは、子どものころ夢想したヒーロー像がドロッドロに煮詰まりすぎて得体のしれないものに変化し始めてしまっていたのだ。

「もう二度としたくない授業だった……」

「あぁ、絶対にやりたくない……」

その光景を後ろから眺めながら、さっき生徒を鼓舞したその口で、げんなりしたようにグチをこぼすブラドキングと相澤は自分の高校生時代を思い出していた。

二人も雄英出身なので、この授業を経験している。ヒーロー科にとって、別名地獄の授業として語り継がれていたのだ。

そんな空気のなか、次は芦戸が経営科の生徒とともに壇上に上がる。

「コンセプトはヤンキーです！　ヤンキーは時代を超越します！　どうぞご覧ください！」

経営科の生徒の熱弁とともに映像が始まった。

荒れた校舎をバックに特攻服姿の芦戸が木刀を持ちヤンキー座りをして、こちらにメンチをきっている。そこに行書体のヤン詩のテロップが重なる。

『一生一度のこの人生　捧げて魅せます　正義のために　惚れた世間のためならば　咲かせてみせます　女道』

立ち上がった芦戸の特攻服の背中に『天上天下唯我独尊』『愛羅武勇』『喧嘩上等』『夜露死苦』などの刺繍が入っている。

振り返った芦戸の前に、敵が現れる。

「へえ……アンタ、いい根性してんジャン……。いいよ、タイマンしよ」

芦戸と敵が対峙する。先手を打ってかかってきた敵に、芦戸が木刀を振りかぶる。

「仏恥斬りぃ!!」

「喧嘩上等!」

続けて木刀を捨て、腹パンチ。

倒れる敵。芦戸、カメラに向かって、

「行くとこないヤツはアタイのとこ来な。気合入れてやるよ!」

そして映像が終わった。壇上で、マントを脱いだ芦戸が特攻服姿で普通科生徒に向けて木刀を肩にメンチをきっている。

「ヤンキーヒーロー・ミナ！　マジ気合入ってるんで、夜露死苦ぅ！」

意外とハマっている芦戸のヤンキーヒーローに、圧倒された普通科がパチパチとまばらに拍手をした。

そして次はお茶子と梅雨のペアだ。経営科の生徒が意気揚々と発表する。

「コンセプトは歌って踊れるアイドルヒーローデュオです！　かわいさは正義！」

そして映像が始まった。レッスン室でダンス練習しているお茶子と梅雨。

「いつか武道館でライブしたいね」

「私たちならきっとできるわ」

そして映像は武道館のライブ中。キラキラのかわいい衣装で歌い踊る二人。だが、大盛り上がりの会場に敵が現れる。

「ファンが人質に……！」

「私たちが守ってみせる……！」

お茶子と梅雨が歌いながらも、プロレスのタッグのように敵に技をしかける。

「♪そうよ、私たち〜、歌って踊って戦うアイドル〜」

「♪世界中が私たちのファン〜、ファンは絶対に守ってみせるの〜」

そして二人はダブルドロップキックを決め、敵を倒した。

「いつでもあなたの心の縁側にいます！　チャコと！」

「疲れたあなたのカエル場所！　ケロッピ！」

「「チャコ&ケロッピ！」」

バチーンとウィンクを決め、映像が終わった。壇上で、キラキラ衣装のお茶子と梅雨が、少し恥ずかしそうにポーズを決める。

「「チャコ&ケロッピ、よろしくね！」」

普通科から「おお～……」とわずかなどよめきが起こる。

そして次は飯田の番だ。経営科の生徒が言う。

「コンセプトはダンディなヒーローです。大人の男の色気で敵を倒します！」

映像は薄暗いバーから始まった。バーテン姿の飯田がカクテルを作っている。

「どうぞドライマティーニです」

画面下に『※これはお酒ではありません』と注意書きが出る。そのとき敵が店に乱入してきた。

「……おやおや、無粋なお客様だ。失礼ですが、この店にはあなたの席はございません。どうぞお帰りください」

それでも襲いかかってくる敵に、飯田がカクテルを手に向かい合う。

「悪い子は俺の胸の中で眠るがいい……オリジナルカクテル、スピリタス・テンヤ！」

そして敵を背後から抱きしめるように羽交い絞めにし、カクテルを飲ませ敵を倒す。

画面下に再び『※これはお酒ではありません』の注意書きが出る。飯田がダンディでニヒルな笑みを浮かべながら言う。

「――敵も酔わせるダンディヒーロー・テンヤ」

そして映像が終わった。壇上で、ダンディにキメているバーテン姿の飯田が言う。

「皆さん！　映像のなかに出てくるカクテルは本物ではありませんっ！　飲酒は二〇歳になってからです！」

「ちょっ！　そこはダンディにヒーロー名を言うところでしょ！」

「いやっ、まずそこをはっきりさせておかないと！」

プロデュースした生徒と多少もめながら飯田が壇上から下り、次の尾白が経営科の生徒とともに上がってきた。経営科の生徒が言う。

「コンセプトは観てのお楽しみです！　どうぞ！」

そして映像は学ラン姿で眼鏡をかけた尾白が、教室で勉強しているところから始まった。

次は満員電車に揺られている。

「俺はこのままでいいんだろうか……いや、よくない……！」

尾白が鏡の前で濃いアイシャドウを塗り、髪を逆立てるアップ。

「俺を止めれるもんなら止めてみなー!!」

誰かわからないほどの派手なメイクと衣装で、ライブハウスでギターをかき鳴らす尾白。そこに敵が現れる。

「俺の宴を邪魔するんじゃねー!!」

ギターを武器に敵と戦い、ギターが壊れる。今度は逆立てた髪で敵を突き刺し、尾白が血に染まる。

「――ディープレッド!!」

絶叫で映像が終わった。壇上で経営科の生徒と派手なメイクと衣装の尾白が言う。

「コンセプトは社会への反抗と破壊です! でも正義です!」

「ビ、ビジュアル系ヒーロー・MASHIRAO!」

次に上鳴が壇上に上がる。経営科の生徒が言う。

「観てもらえればわかります! とりあえずどうぞ!」

そして映像が始まった。突然大きな雷が大地に落ち、そこに甲冑に赤いマント姿の上鳴が現れる。そこに映画の予告のようなナレーションが被った。

『遠い星からやってきた雷神デー……果たして彼は正義か悪か……』

立ちはだかる敵(ヴィラン)に、ハンマーをぶん投げる上鳴。ブーメランのように手に戻るハンマー。

「私はこの地球で多くのことを学んだ……いわば第二の故郷。つまり地球の民(たみ)は、私の民。私は王として地球の民を守る……！」

宙に浮きながら雷をまとった上鳴が、敵(ヴィラン)めがけて雷を落とす。

壮大な音楽とともに、舐(な)めまわすように上から下から横から斜(なな)めから、カッコよく遠くを見ている上鳴が映し出されたあと、プロデュースした経営科の生徒が黒っぽい甲冑を着て登場した。

「そううまくいくかな、兄さん……」

「お、お前は……ラキ……！」

対峙する二人にナレーションが被る。

『兄弟の確執(かくしつ)が宇宙を巻きこんで大騒動！　雷神ヒーロー・デー！　乞(こ)うご期待！』

そして映像が終わった。普通科生徒が「モロ、アレじゃん……」などざわついているなか、満足そうな経営科の生徒がはきはきと言う。

「〇ーベルヒーロー大好きです！　よろしくお願いします！」

「雷神デー、見参(けんざん)！」

ざわつきのなか、次に壇上に上がったのは切島だ。経営科の生徒が言う。

「世界で一番カッコいい職業は漁師だと僕は思います！　どうぞご覧ください！」

映像が始まる。荒波を越える漁船の先頭に立つ切島が、ハッとする。

海から海坊主のような敵が現れる。切島、へっと鼻をこすり、釣り竿を構える。

「こいつはとんだ大物だぜ！」

切島、釣り糸を敵に向かって投げる。食いつく敵。ギュルルルルルッと唸るリール。切島、グンッと釣り竿を引くが、なかなか引けない。

「なかなかやるな……！　でも、俺に釣れねえ敵はいねえ!!」

切島、渾身の力で敵を釣り上げる。

「大物ゲットだぜ！」

釣り上げた敵を背に、切島がニカッと笑って映像が終わった。

「海の安全は任せとけ！　漁師ヒーロー・一本釣り太郎！」

漁師姿の切島が釣り上げるポーズを決める。

次に壇上に上がったのは口田だ。経営科の生徒が言う。

「えー、言葉には無限の力があります。そんなヒーローを目指しました」

映像が始まり、ヒップホップ系の服を着た口田の前に、同じヒップホップ系の服を着た敵が現れる。にらみ合う二人に、軽快な音楽が流れ始める。

「ヘイ、そこの敵、やめとけ混乱、欲しいお宝なら愛に代えたら？　できない想像、悲しい妄想、悲しむ親より楽しむ親、公開する後悔、一生後悔」

「うるせえヒーロー、かますぜ暴走、今が楽しけりゃ最高、先のことなんか再考」

「再考するならまさに今が最高、さばっ…」

「あ、噛んだ」

口をつぐんでいた口田が突然、敵に襲いかかかり関節技で落とす。

「悪いヤツらはだいたい敵、力技ラッパーヒーロー・コージ！」

映像が終わって経営科の生徒が言う。

「言葉にもたまには限界がある。そういう矛盾を体現したヒーローです」

「よ、よろしくお願いします～……」

ふだん、口数の多くない口田が何百テイクを重ねてやっとできたラップなので、生では披露をあきらめたのだった。

そして次は砂藤が壇上に上がる。経営科の生徒が言う。

「実家はスナックをしているので、スナックとヒーローという組み合わせを考えました」

そして映像は場末のスナック『しゅが～』の外観から始まった。店内に入り、カウンターのなかでママの恰好をした砂藤が、やってきた敵に気づく。

「あら、こんな場末のスナックを強盗しに来たの？　ちょっとあんた、敵の才能ないわよ。こっちは毎日赤字でやってんだから……あらやだ。おなかすいてんの？　いいからほら、そんなおもちゃみたいなナイフなんか置いてこっちに座りなさいな」

砂藤、おにぎりとお味噌汁を出す。

「ほら、お金ならいいから食べちゃいな。おなかすいてるからこんな店に迷いこんできたんでしょ。……やぁね、泣きながら食べたらしょっぱいわよ」

次にビールを敵と自分に注ぐ。『※これはお酒ではありません』と注意書きが出た。

「今日はアタシのおごり。酒のつまみに話くらい聞くわよ？　………そう、そんなことがあったの。……べつにいいんじゃない？　ムリに周りに合わせなくても。人間なんて十人十色よ。アタシに言わせれば人間なんてみーんなちょっとずつ世間からはみ出してるの。気楽にやんなさいよ。爆発しそうになったら、またうちに来なさい。おにぎりくらいならいつでも食べさせてあげるから」

砂藤の慈愛に満ちた笑顔から、また店の外観に戻る。そこにナレーションが被る。

『話術だけで敵を陥落させる場末のスナックヒーロー・リキママ。今宵も迷える敵がまた一人……』

そして映像が終わった。壇上で、ママ姿の砂藤がおにぎり片手に言う。

「人生に悩んだらうちの店においで」

そして次は障子が壇上に上がった。経営科の生徒が言う。

「幼い頃、人形劇を見て感銘を受けました。コンセプトは子どもに夢を、人形劇をもっと広めよう、です。ご覧ください！」

そして映像が始まった。幼稚園で子どもたちが見ている前で幕が開き、障子の複製腕が操っている子ヤギたちが現れる。演目は『七匹の子ヤギ』だ。

「おかあさん、どうしてそんなに足が黒いの？」

「おや、おかしいね……」

「きっと狼だー！」

障子が一人で全部の役をこなし、声を巧みに変えている。そのとき敵が乱入し、見ていた子どもたちが泣き叫んだ。障子が人形の役のまましゃべる。

「大変だ！　悪い敵さんだ！」

「お母さんが帰ってくる前にやっつけちゃおう！」

そして小道具の石などを敵に向かって投げ、倒した。喜ぶ子どもたちが言う。

「狼さんも悪い敵さんを倒すの手伝ってたよー！」

人形の子ヤギと狼が歩み寄る。

「狼さん、手伝ってくれてありがとう！」

「いい狼さんだったんだね！」

「本当は友達になりたくてやってきたんだ。友達になってくれるかい？」

「もちろん！」

平和に終わる人形劇の幕が閉じる。拍手とともにまた開き、障子が人形を手に出てくる。

「子どもの夢を壊さない、一人人形劇劇団ヒーロー・障子座。団員募集中」

映像が終わり、壇上で障子が人形を手に話しだす。

「よろしくね！」

そして次に壇上に上がったのは耳郎だった。経営科の生徒が言う。

「コンセプトはセクシー&クールです！　よろしくお願いします！」

そして映像が始まった。中華街にあるレストランでチャイナドレス姿の耳郎がウェイトレスとして働いている。

「イラッシャマセ～」

廊下を歩く耳郎が、ある部屋にスッと入る。警戒しながらも、中に置かれた机の引き出しを開け、犯罪の証拠である書類を発見した。

「……やっぱり犯罪に加担してた」

そのとき突然ドアが開き、敵のオーナーが入ってくる。

「貴様、何をしている！」

「……決まってるでしょ、悪い子にはおしおきしなきゃ」

耳郎、証拠の書類を持ちながら、襲いかかってくる敵に向かい、太ももに携帯していた小型ナイフを片手で投げ、敵を壁に打ちつける。

「その小型ナイフ……もしやお前は……」

「——そう、私は女スパイのキョンキョン。犯罪の証拠の隠滅は許さない」

そして映像が終わった。壇上で、チャイナドレス姿の耳郎がしかめた顔を赤くして言う。

「お、女スパイのキョン…キョン……よろしくね……っ」

次に壇上に上がったのは瀬呂だ。経営科の生徒が言う。

「社会を動かしているのは毎日コツコツ働いているサラリーマンです！　そんなヒーローがいてもいいんじゃないかと思い、このヒーローをプロデュースしました！」

そして映像が始まった。スーツ姿の瀬呂が名刺を差し出す。

「初めまして！　私、営業二課の瀬呂範太と申します」

名刺には『株式会社ＵＡコーポレーション　営業二課　瀬呂範太』と書かれている。

営業スマイルで瀬呂が取引先に話しかけている。

「この商品、本当に自信作なんですよ。ウチの会社も全面的に推(お)してまして……」

しかし営業がうまくいかず、夕方、トボトボと歩いていると、敵(ヴィラン)に襲われている老人を発見。瀬呂、「やめろっ」と言うが、敵(ヴィラン)が襲ってくる。

「ただのサラリーマンは引っこんでろ！」

「……サラリーマンを舐めるなよ」

シュパッと名刺を投げて敵(ヴィラン)を攻撃。

「営業脚力(きゃくりょく)キーック！　挨拶回(あいさつまわ)りアタック！」

敵(ヴィラン)を撃沈し、老人を抱き起こす。名刺を見ている老人が思い出したように、

「君は……一度ウチの会社に営業に来たことのある人だね……。よし、これも何かの縁だ。あのときの商品、ウチで取り扱わせてもらおう」

「えっ、本当ですか！　よっしゃ！」

瀬呂の笑顔で映像が終わり、スーツ姿の瀬呂が名刺を差し出しながら言う。

「サラリーマンヒーロー・瀬呂範太、正義と会社の利益を守ります！」

そして次は常闇が壇上に上がった。経営科の生徒が言う。

「中世ゴシックは浪漫(ろまん)の塊(かたまり)！　そんなヒーローを目指しました！」

映像が始まり、夜、城のような屋敷で貴族の恰好(かっこう)をした常闇が窓辺にいる。

窓から入ってくるコウモリが常闇の腕にとまり、キィキィと鳴く。

「……今宵も闇が俺を呼んでいる……」

石畳の街並み。敵に追いかけられている女がいる。

「誰か……っ」

そこに颯爽と現れる常闇が女をかばうように敵と向き合った。

「誰だお前はっ！」

「──死にゆく者にも礼儀は尽くそう。我の名は……ダークシャドウ一三世。今ひととき、我の闇を解放しよう……ハァッ！」

解き放たれた黒霧が敵に獰猛に襲いかかり、退治する。

「ありがとうございますっ、どうお礼をすればいいか……」

駆け寄ってきた女を常闇が手で制し、

「我は闇の貴族……。夜に彷徨う者を救うのが運命……貴女は光差しこむ世界へ戻るがいい……」

そしてバッと夜の闇に消えていき、映像が終わった。壇上で、貴族衣装の常闇が雰囲気たっぷりに言う。

「──闇の貴族ヒーロー・ダークシャドウ一三世……。我は夜とともにいる……」

そして次は轟が壇上に上がった。経営科の生徒が言う。

「コンセプトはズバリ王子様です！　よろしくお願いします！」

そして映像が始まった。王子姿の鉄仮面をつけた轟が馬で草原を走っている。

「呪われた私は王子である資格などない。あぁこのまま城へは戻らぬ」

だいぶ棒読みでセリフを言う轟。突如馬が暴走し、光に包まれる。

「な？　……ここはいったい……」

轟、現代の都会にタイムスリップ。そのとき猛スピードで逃げていく一台の車があり、近くで母親らしき女が叫んでいる。

「誰か救けて！　あの車には私の子どもが乗ってるの！」

轟、馬で車を追いかける。追いつき、車の前に飛び出し、車を止める。

「そのなかにあのご婦人の子どもが乗っているはずだ。返してもらおう」

「俺の子どもだ！　どうしようが俺の勝手だ！」

「父親ならば父親らしくしたらどうだ」

多少、セリフに感情がこもった轟だったが、そのとき敵が「うるせえ！」と車の中からトンカチを投げつけた。鉄仮面に当たり、外れて顔が露になる。轟の顔を見た敵が苦しそうに胸を押さえた。

「ど、動悸(どうき)が……っ、とんでもなく動悸が激しい……っ」

轟、馬から下り、あわてて鉄仮面をつけなおす。

「見た者の胸を苦しくさせる俺の呪(のろ)われた顔……」

そのとき子どもが自分で車から降り、駆けつけた母親のもとへ。

「ママァ～！」

「ありがとうございますっ、あなたのおかげで助かりました！」

「……私の呪われた顔が役に立つのか。ならば私はこの世界のヒーローとなろう」

轟が鉄仮面を外し、カメラ目線で言う。

「鉄仮面ヒーロー・プリンスショート。武器はこの顔だ」

映像が終わり、壇上で王子に扮(ふん)した轟が言う。

「鉄仮面ヒーロー・プリンスショートだ。よろしくな」

そして次は葉隠が壇上に上がった。経営科の生徒が言う。

「着ぐるみには無限の可能性があります！　それを表現するヒーローを目指しました！」

映像が始まった。銀行強盗の敵(ヴィラン)が、客たちを人質に取っている。「お母さん、怖いよ～」と泣きだす子ども。ウサギの着ぐるみを着た葉隠が登場。驚く敵(ヴィラン)と人質たち。

「な、なんだ、お前は！」

「ウサギさんだよ〜……ウサギさんキック！」

葉隠、敵(ヴィラン)にキックをかます。バッと着ぐるみを脱ぐと、次は猫の着ぐるみ姿になる。

「次は猫ちゃんだよ〜……シャアアアア！」

敵(ヴィラン)を爪でバリバリと引(ひ)っ掻(か)く。バッと脱ぐと、次はライオン。

「最後はライオンさんだよ〜……ガオ〜!!」

ガブッと噛みつき、敵(ヴィラン)を退治。解放され喜ぶ人質たち。子どもが笑顔で駆け寄り、

「ありがとう！　えっと……ウサギさん？　猫ちゃん？　ライオンさん？」

「私は変幻自在(へんげんじざい)の着ぐるみヒーロー・リビングドール！」

映像が終わり、壇上で、ウサギの着ぐるみ姿の葉隠がポーズを決める。

「なんにでもなれちゃうよ！　よろしくね！」

次は爆豪が壇上に上がった。経営科の生徒が言う。

「一見、敵(ヴィラン)みたいなヒーローっていいですよね！　ギャップ萌(も)えを狙いました！」

映像が始まった。今にも宝石店を襲おうとしている敵(ヴィラン)たちに声がかけられる。

「楽しそうなこと始めようとしてるみてえだな……俺も入れろや」

プロレスラーの悪役ふうなメイクに、いかつい世紀末的な衣装を着た爆豪だ。

「あぁ？　突然なんだ、てめーは」

「入れてくんねえのかよ……悲しいなぁ!?」

爆豪、襲いかかろうとするが、いったんバックしてエネルギーを溜めてから、

「バック……&……ゴウ!!」

猛烈な攻撃で一気に敵たちを退治すると、突然、雨が降ってくる。

「……ん?」

雨の中、段ボール箱に捨てられている子犬がいる。爆豪、しゃがみこんで、

「……お前、俺んとこ来るか……?」

「キャン!」

「……あったけえな」

子犬を抱き上げ、雨の中を去っていき映像が終わった。壇上の爆豪、ビキビキと目を吊り上げながらも、

「……敵ヒーロー……Ｂａｃｋ＆Ｇｏ……☆　クソが……!!!」

次は出久が壇上に上がった。経営科の生徒が言う。

「国民に愛されるヒーローを目指しました!　よろしくお願いします!」

映像が始まった。子どもっぽい服を着た出久が縁側でおばあちゃんの肩をもんでいる。

「デクちゃんは本当に肩もみが上手だねえ」

「えへへ……だっておばあちゃんに喜んでもらいたいんだもん」

そのとき、遠くから悲鳴が。道でおじいさんがひったくりにあったのだ。

「大事な年金が入ったバッグを持っていかれてしもうたぁ……っ」

「大丈夫！　僕に任せて！」

やってきた出久、ひったくり敵(ヴィラン)を追いかけ、説得しようとする。

「返して！　それはおじいさんの大切なお金が入っているんだ！」

「いやだね！　もう俺のもんだ！」

「……もう怒ったぞ……！　デクちゃんパンチ！　デクちゃんキック！」

怒った出久がえげつないパンチとキックで敵(ヴィラン)を撃退。出久、おじいさんにバッグを返す。

「はい、もう大丈夫だよ！」

「ありがとうな～。これ、もらってくれ」

おじいさんからみかんを渡される。

「わあ！　僕、みかん大好き！」

満面の笑みで映像が終わり、壇上で子どもっぽい服を着た出久がみかん片手にポーズを決める。

「国民の孫ヒーロー・デクちゃん！　よろしくね！」

次に壇上に上がったのは峰田だ。経営科の生徒が言う。

「えー、敵(ヴィラン)を油断(ゆだん)させるヒーローをプロデュースしました！」

映像が始まる。コンビニで強盗している敵(ヴィラン)がいる。

「早く金出せ！」

そこへ無邪気(むじゃき)な子どもに扮(ふん)した峰田が入ってくる。

「えっ、おじさん、どうしてナイフをおねえさんに突きつけてるの？　ナイフってケガするから危ないいんだよぉ？」

「うるせえガキだな！　どっか行け！」

「ガキじゃないよ、ボク、チャッピーだよ」

「だからどっか行けって言ってんだろうが……っ」

無邪気な顔で近づく峰田の顔が、突然凶悪になる。

「子どもに向かってなんだその口のきき方はぁ!?」

敵(ヴィラン)に金的(きんてき)攻撃。思わず前かがみになる敵(ヴィラン)の首に噛みつき撃沈する。

「――子どもだと思ってナメてんじゃねえぞ」

ペッと唾(つば)を吐いたあと、また無邪気な子どもに戻り、

「チャイルドヒーロー・チャッピー、油断してるとえらい目にあうぞ☆」

映像が終わり、壇上で、子どもに扮した峰田がポーズを決める。

「見かけは子ども、倒し方はモラルハザード！　チャイルドヒーロー・チャッピー！」

そしてA組の最後に壇上に上がったのは八百万だ。経営科の生徒が言う。

「昔ながらの任侠(にんきょう)映画を見て思いつきました！　どうぞご覧ください！」

映像が始まる。敵(ヴィラン)同士が一触即発でにらみ合っている。そこに着物姿の八百万がやってきて、敵(ヴィラン)の間に立つ。

「――切った張ったのこの世界、世知辛(せちがら)いこのご時世、敵(ヴィラン)同士がいがみ合うのは道理というものでしょうかねぇ……」

「なんだ、てめえは⁉」

八百万、サッと片方の肩を出し、胸元から壺皿(つぼざら)とサイコロを取り出し構える。

「姓は八百万、名は百(もも)……またの名を彼岸花(ひがんばな)の百！　ヒーローの仁義(じんぎ)、通させてもらいます！」

壺皿を振りながらサイコロを飛ばし、敵(ヴィラン)に命中させる。サイコロを胸元から創造(そうぞう)で補給。倒れた敵(ヴィラン)を見渡し、

「……ヒーローとは、悲しい職でございますね……」

サッと歩きだす八百万の後ろ姿に、ジャーンと派手な音楽が流れ映像が終わった。

壇上で着物姿の八百万が腰をかがめ片手と片足を前に出し、啖呵をきる。

「博徒ヒーロー・彼岸花の百！　以後、お見知りおきをですわ！」

そして、次はB組の番だ。

最初に壇上に上がったのは泡瀬洋雪だ。経営科の生徒が言う。

「危険と隣り合わせのとび職は、ヒーローと通じるものがあります。そんなヒーローをプロデュースしてみました」

映像が始まる。建築中のビルで泡瀬が〝個性〟の溶接でひょいひょいと足場をつくっている。そこに空から敵が飛んできて、現場を荒らす。

「俺をリストラした会社のビルなんかメチャクチャにしてやるー！」

「ちょっ……やめろって！　……言っても聞かねえな……」

泡瀬は足場を高く溶接し、飛んでいる敵の服に触れ、鉄骨と溶接して確保する。

「まぁ、気持ちはわからないでもないけど、どんな理由でも人様の現場荒らしちゃダメでしょ。職探してるなら、ウチで働いてみるか？　毎日危険と隣り合わせだと、細かいことどうでもよくなるから、な？」

にっこりと勧誘して、映像が終わった。壇上で作業服姿の泡瀬が言う。

「とび職は現場の華！　ヒーローの現場は命がけ！　とび職ヒーロー・安全第一！」

次に壇上に上がったのは回原(かいばら)だ。経営科の生徒が言う。

「独楽(こま)って回すだけのシンプルなおもちゃですが、だからこそ世界に通用すると思うんです！　そんなヒーローを目指しました！」

映像が始まる。劇場で和服姿の回原が傘(かさ)の上で独楽を回している。そこへ敵(ヴイラン)が乱入。

「死にたくなかったらおとなしくしろぉ！」と客の一人を人質に取る。

「……あんた、木戸銭(きどせん)払ってねえな？　とっとと出ていってくれるかい」

回原、傘を放り投げ、落下してきた独楽目がけて回転する自分の腕を押し出すように当てる。激しい腕の回転が伝わりギュルルルッと爆速で回る独楽が、敵(ヴイラン)に激突。

「ぐあっ！」

続けざま、独楽の乱れ打ち。あっというまに敵(ヴイラン)を倒す。

「いつもより多く回しちまったぜ……独楽回しヒーロー・ローリング！」

そして映像が終わった。壇上で、和服姿の回原が独楽を回しながら言う。

「独楽が回れば世界も回る！　よろしくお願いします！」

次に壇上に上がったのは、鎌切尖(かまきりとがる)だ。経営科の生徒が言う。

「切れ味の鋭いヒーローをプロデュースしました。よろしくです！」

理容室で、理容師の鎌切が手を刃(やいば)にして身なりのよい政治家の髪を切っている。そばに

控えていた秘書が政治家に、

「大臣、そろそろ国会のお時間が」

そのときホームレスが店に入ってきて、拳銃を政治家に向ける。

「汚職まみれの悪徳政治家がー！」

「なぁ!?」

鎌切、バッと飛び出し、拳銃を刃で切り刻む。ホームレス敵を確保した。

「いや助かったよ。まったく、最近は自分の不運を政治のせいにする輩が多すぎる」

大臣のその言葉を聞いた鎌切、キランと目を光らせ、

「――みんなが幸せに暮らせるようにするのが政治家の努めだぜェ。政治家生命も切り刻んでやるぜェ……」

シャキッと刃を構える。映像終わり、壇上で、理容師姿の鎌切がポーズを取りながら、

「髪も切って敵も切って政治も切るぜェ！　理容師ヒーロー・バーバーカッター！」

次は黒色と宍田獣郎太と吹出漫我の三人が壇上に上がる。経営科の生徒が言った。

「ヒーローと芸人の共通点は人を笑顔にできることだと思います。そんなヒーローズを目指しました！」

映像が始まる。生放送のネタ番組の収録をしている黒色と宍田と吹出の漫才トリオ、ケ

モクロオノマがマイクの前に立つ。

「「「はいどーも、ケモクロオノマでーす」」」

「ん？　どうかしましたか、黒色くん。そんな黒い……いや暗い顔してますぞ？」

「……今さらなんだけど、このトリオ名、わかりにくいだろ。ダークマターくらい」

「ダークマター……暗黒物質のほうがわかりにくいですぞ！　そもそもケモクロオノマとは、私、獣郎太の獣からケモノで『ケモ』、黒色くんの『クロ』、吹出くんの好きなオノマトペの『オノマ』を合わせただけの、わかりやすいものですぞ？」

「いや、そこだよ。なんで吹出だけ好きなものから選んだって話だよ」

「オレ、フルネームが吹出漫我なのね。まず苗字から取るとケモクロフキ。なんか新種の蕗みたいじゃない？　で、名前から取るとケモクロマン。ヒーロー名みたいじゃない？」

そこへ電波ジャックをしに来た敵が乱入してくる。

「今すぐこんなつまらない漫才やめて、俺の主張を全国に流せー！」

「突然入ってきてつまらないって……ありがとうございますですぞ！」

「いや、なんでだよ!!!」

吹出のツッコミが具現化し、敵をぶっ倒す。すかさず黒色も、

「いや、先に俺に主張させてくれ。……芸人は仮の姿。実は俺はダークマターの生まれ変

わりだ！」

「なんだそれ!!!」

吹出のツッコミの具現化がぶつかり、完全に気絶する敵。

「じゃあ、ここで改めて自己紹介ということで。我々は」

吹出のかけ声に全員が声を合わせる。

「「「芸人ヒーローズ・ケモクロオノマでした〜」」」

そして映像が終わった。壇上で、三人がスタンドマイクの前で言う。

「「「愛と笑いは世界を救う！」」」

次に壇上に上がったのは拳藤一佳だ。経営科の生徒が言う。

「愛と夢の世界……そんなヒーローをプロデュースしました！」

映像が始まる。宝塚ふうのきらびやかなミュージカル上演中の劇場。歌っている女優に向かって、客席にいた男が立ち上がって拳銃を向ける。

「どうして手紙の返事をくれないんだー！　俺と結婚しろー！」

「キャアア！」

悲鳴があがり、パニックになる劇場。しかしそのとき、舞台の大階段にスポットライトが。照らされたのは、羽根を背負って羽根扇子を持ち、派手な男装をした拳藤だ。

「ここは愛と夢の舞台……そんな無粋なものは捨てるんだ」

「うるせえ！」

男が拳銃を撃つが、拳藤、それを扇子で弾く。そして女優をかばうように立ち、

「さぁ！　彼女を本気で愛しているなら、今すぐ立ち去るがいい！」

男、拳銃を拳藤に向かい乱射する。拳藤、弾丸を扇子で避けながら生オーケストラの演奏をバックに歌い踊りながら、男を背中の羽根で椅子に張りつける。

「♪羽根で眠れ～　愛破れし者～　愛～　儚き夢を～　君に～　捧げる～」

そして女優に向き合い、

「もう大丈夫だ。誰も君を傷つけはしない」

「ありがとう……！」

ヒシッと抱き合う二人。拍手のなか幕が下りるが、再び上がり、拳藤、客席に手を振る。

「雨組トップヒーロー・雨雫光！　愛と夢の舞台を守ります！」

映像終わり、壇上で羽根を背負っている拳藤が華麗にポーズを決めて、

「よろしくお願いいたします」

次に壇上に上がったのは、小大唯、小森希乃子、塩崎茨、角取ポニー、取蔭切奈、柳レイ子だ。経営科の生徒が言う。

「戦う少女たちの愛と友情は尊さの極みです！　ご覧ください！」

映像が始まる。学校内を歩いている取蔭、ポニー、塩崎、小森、レイ子がいる。

「私たち園芸部の菜園に泥人形～？」

「ほんとデース！　しかもしゃべりマァシタ！」

「ええ、私も見ました……」

「ウソだったらランチおごるノコ！」

「まぁまぁ、とりあえず行ってみよ」

そして菜園にやってきた五人、畑に倒れている泥人形らしきものがいる。

「み、水……水……」

「本当にいた！　しゃべった！」

「とりあえず、ほら、水」

驚く取蔭の横で、レイ子が泥人形に水をかける。復活した泥人形が浮かび上がり、

「俺は畑の妖精、タイヒ！　突然だけど、世界中の野菜が狙われてるんだ！　お願い！

野菜のプリユアになってよ！」

「「「「「ええっ？」」」」」

町に巨大な肉の塊のような怪人が現れる。

「野菜など全滅させてやる〜」

「そんなことさせない！」

ザッと現れる五人。それぞれ、野菜のプリユア戦士に変身する。

「抗酸化作用のリコピンたっぷり！　プリユアトマト！」

「免疫力強化！　プリユアキャロット！」

「皮には眼精疲労回復のポリフェノール！　プリユアナス！」

「スルフォラファンはがん予防！　プリユアブロッコリー！」

「アンチエイジング抗酸化ビタミン！　プリユアパプリカ！」

プリユアトマトの小森、プリユアキャロットの塩崎、プリユアナスの取蔭、プリユアブロッコリーのレイ子、プリユアパプリカのポニーがそれぞれポーズを決める。

「「「「「野菜少女戦隊プリユアファイブ!!」」」」」

「この世を肉で埋め尽くしてやる〜」

「そんなことさせるものですか！」

「トマトいっぱい食べさせてやるノコ！」

塩崎と小森が攻撃を仕掛けるが、やられてしまう。レイ子、取蔭、ポニーも続けて攻撃。しかしやられてしまう。ボロボロの五人。取蔭とポニーが悔しそうに嘆く。

「どうしよう、このままじゃ世界から野菜がなくなってしまう……！」

「私たち、もうみんなで野菜を作れなくなってしまうんデスカ……？」

そのとき、小大がどこからともなく現れる。

「いいえ、世界から野菜がなくなることはない……だって私も戦うから」

「あなたは今日、転校してきた小大さん……⁉」

驚く五人のまえでタイヒが言う。

「さっきキミたちが戦ってる間に新しく野菜戦士をスカウトしたんだ！」

小大が変身する。

「疲労回復スタミナアップ！　プリユアガーリック！　私のガーリックパワーで、みんながレベルアップするわ」

小大、みんなにガーリックパワーを降りかける。パワーアップする五人、小大と頷きあって、みんなで一斉(いっせい)攻撃。肉の怪人を倒す。

「やら……れた〜！」

小大、どこからか取り出した入部届をみんなに見せる。

「実は、前の学校でも園芸部だったの。一緒に野菜作ってもいいかしら……？」

「「「「「もちろん！」」」」」

六人で楽しげに踊ってエンディング映像終わり。壇上で六人がプリユア戦士の服でポーズを決めて、

「「「「「「野菜の栄養と友情パワーで世界を救う！　野菜少女戦隊ヒーロー・プリユアシックス！」」」」」」

次に壇上に上がったのは庄田二連撃（しょうだにれんげき）だ。経営科の生徒が言う。

「ふわふわもこもこっていいですよね！　そんな安心感を与えるヒーローを考えました！」

映像が始まる。ショッピングモールで迷子になって泣いている子どもがいる。

「うう、ママどこ行ったの～？」

誘拐犯（ゆうかいはん）の敵（ヴィラン）がニヤリとしながら近づき、子どもの手を取る。

「ママ、あっちで探してたよ。連れていってあげようねぇ」

「え、ほんと？」

歩きだそうとしたそのとき、全身をふわふわもこもこのマシュマロスーツに包まれた庄田が敵（ヴィラン）を弾く。

「ダメだよ、知らない人についていっちゃ！」

「なんだ、お前は！」

「僕はマシュマロマン！　悪いこと考えている人には甘くてやわらかいマシュマロをどう

ぞ！」

マシュマロを連続で敵の口の中に放りこむ。「むぐぅ！」と苦しむ敵を、ひときは大きなマシュマロでくるんで拘束する。「ふわふわもこもこしやがる〜……」と脱力する敵。

庄田、「大丈夫！　お母さんもきみを探してるよ！」と、よしよしと子どもを抱きしめる。子ども、気持ちよさそうに、

「ふわふわもこもこだぁ〜」

「しんちゃん！　もうどこ行ってたの！」

そこへ母親が迎えにやってくる。庄田、半泣きの母親もよしよしと抱きしめる。

「あ、ふわふわもこもこ〜……」

癒やされる母親と子ども。庄田、カメラに向かって、

「優しさに包まれたならきっとこんな感じ！　マシュマロマン！」

映像が終わり、壇上で、マシュマロマン姿の庄田がポーズを決める。

「事件もあと始末も優しく解決！　マシュマロマン！」

「ちょっとファットガムと被っててすみません！」

経営科の生徒が謝ったあと、次に壇上に上がったのは円場だ。経営科の生徒がテンション高く言う。

「細かいことはいいです！　とりあえずスタート！」

そして映像が始まった。盛大なお葬式会場に敵が現れる。

「死んだからって許されると思うなよ！　こんなヤツの葬式なんてぶち壊してやるー！」

そのとき、弔問客のなかにいた円場がやってきて、敵の前に立つ。

「恨みなんてつまんねーもん、いつまでも後生大事に持ってんじゃねーよ。誰かを恨むより、踊っちまおうぜ！　レッツパーリィー!!　Ｆｕ～!!」

ミラーボールが現れ、ノリのいい音楽がかかる。喪服を脱ぎ捨て、派手な服装になった円場が踊りながら敵を倒す。

「刹那を生きるパリピヒーロー・テンションＭＡＸ！」

映像が終わると同時にノリのいい音楽がかかり、円場と経営科の生徒が踊り始める。

「とりあえず踊っとけばこっちの勝ちって感じでぇ！　よーしゃーしゃーす（よろしくお願いします）！」

次に壇上に上がったのは鉄哲徹鐵だ。経営科の生徒が言う。

「日本の農家は素晴らしい！　そんな想いを込めたヒーローです！」

映像が始まる。鉄哲がコンバインで稲刈りしている。

「いやあ、今年の出来は最高だぜ！」

鉄哲が田んぼの土手で、おにぎりを頬張(ほおば)ろうとしたそのとき、空から二人の敵(ヴィラン)が田んぼへ落下してくる。仲間割れしているようだ。

「ふざけんな、お前が完璧な強盗計画だっつーから乗ったんだぞ！」

「お前があそこでよけいな宝石盗(と)ろうとしたから失敗したんだろーが！」

踏み荒らされる稲を見て、鉄哲、敵(ヴィラン)に、

「てめーら！　大事に育てた稲を踏むんじゃねえ！」

「あ？　なんだ、たかが稲くらい」

「たかがじゃねえ！　日本の米は日本の宝！　炊(た)きたてご飯は輝く白い宝石だぜ！」

そこにナレーションが被る。

『この男、米への愛が爆発したとき、ヒーローへと変身するのだ！』

鉄哲、変身ポーズで米をモチーフにしたヒーローに変身。

「農家ヒーロー・ジャパンライス！」

鉄哲、カチカチに固めたおにぎりを敵(ヴィラン)に投げつけ、鍬(くわ)で攻撃し撃退する。カメラ目線で、

「世界平和と日本の田んぼは俺が守る！」

画面下に『※カチカチおにぎりは、おかゆにしてみんなで美味(おい)しくいただきました』とテロップが出る。映像が終わり、壇上で、鉄哲がおにぎりを持ちながら、

「米も作るが平和も作る！　農家ヒーロー・ジャパンライス！」

次に壇上に上がったのは骨抜柔造(ほねぬきじゅうぞう)だ。経営科の生徒が言う。

「皆さん、ご存じですか……？　オペラ座の地下には怪人がいるのです……」

映像が始まる。駅前の広場で敵(ヴィラン)が人質を取って騒いでいる。

「早く警視総監(けいしそうかん)呼んでこいよ！」

そこへどこからともなく現れた仮面にマント姿の骨抜が、敵(ヴィラン)をサッとマントで包んでマンホールの中へと消えていく。

「な、なんだ、ここは……」

四方を鏡で囲まれている迷路に敵(ヴィラン)が置き去りにされている。骨抜の声で、

「人を脅(おど)して自分の要求を満たそうとは、悪い子だ。私のレッスンを受けて生まれ変わるがいい……」

敵(ヴィラン)、迷路のなかで火責(ひぜ)めにあう。

「アチィ！　誰だかしんねーが出てこいよ、クソ野郎！」

鏡の間から骨抜がスッと出てきて、

「そんな歌い方は教えていない」

敵(ヴィラン)に水責(ぜ)め、迷路の幅を狭(せば)めて攻撃する。敵(ヴィラン)がたまらず、

「や、やめてくれ〜！　もう悪いことはしない！」

「いい子だ、私の正義の天使よ……」

バラを投げる骨抜、暗がりに笑いながら去っていき映像が終わる。壇上で、仮面にマント姿の骨抜きが言う。

「どんな地下も私の庭……怪人ヒーロー・ファントム・オブ・ジ・ジャスティス」

次に壇上に上がったのは、凡戸固次郎（ほんどこじろう）だ。経営科の生徒が言う。

「生き物はだいたい母親から産まれます。つまり、母親という存在は最強なのです。男の凡戸くんにお願いしましたが、立派なママを演じてくれています。そんなヒーローを僕のママに見てもらいたくて作りました！」

そして映像が始まった。町で敵（ヴィラン）が暴れているところへ、エプロン姿の凡戸がやってくる。

「まぁ、こんなところで暴れて、悪い子！　ママビーム！」

ビームを浴びた敵（ヴィラン）が赤ちゃんになってしまう。凡戸、赤ちゃんになった敵（ヴィラン）をよしよしと抱っこして、哺乳瓶（ほにゅうびん）からミルクを飲ませる。

「よしよし、オムツも換（か）えましょうね〜。いい子、いい子ね〜」

赤ちゃんになった敵（ヴィラン）を愛（いと）おしそうにみつめる凡戸にナレーションが被る。

『どんな凶悪敵（ヴィラン）もママの前ではなす術（すべ）なし！　ママヒーロー・ビッグラブマザー！』

映像が終わり、壇上で、エプロン姿の凡戸が人形の赤ちゃんをよしよししながら、

「わたしの前では、どんな敵もかわいい赤ちゃん！」

次に壇上に上がったのは、物間寧人だ。経営科の生徒が言う。

「神社をモチーフに考えたヒーローです！　よろしくお願いします！」

映像が始まる。敵が賽銭箱からお賽銭を盗みポケットへ入れる。その後ろに神主姿の物間が現れる。

「おや、お賽銭でも落とされましたか？」

「っ！　……あ、そ、そうなんです！　小銭が奥へ入っちまって」

「それはそれは……では、落とした小銭の代わりにこのおみくじをどうぞ引いてください。神様からのありがたいお言葉が賜れますよ」

物間、圧のある笑顔でくじ箱を差し出す。敵、「それじゃ」としぶしぶおみくじを引く。

おみくじには『大凶』と書かれている。物間、文面を読む。

「おや、大凶ですね。願いごと、叶わない。病気ケガ、痛いが軽傷。金運、真面目にコツコツ働くがよし。方角、全方位注意。争いごと、天罰が下り負ける……だそうです」

そのとたん、急に空が暗くなり、雷が落ち突風が吹く。恐ろしくなり「じゃあこれで」と帰ろうとする敵に、風で飛んできた柄杓が顔に、看板が背中に激突。猫に足首を噛まれ、

飛んできた枝が腕に刺さり、突風で外れた大きな鈴が頭に落ちた。晴れ間が戻り、倒れている敵（ヴィラン）が言う。

「ほ、本当に天罰（てんばつ）が……神様が怒ってる!?」

「いやあ、実は俺、ヒーローなんです。引いたおみくじどおりのことを起こせます。神様からのお言葉は、心を入れ変えれば大吉、なのでしっかり反省してください」

毒のある物間の笑顔で映像が終わった。壇上で神主姿の物間、ポーズを決め、

「おみくじを引けば人生変わるかも!?　神主ヒーロー・ネギネギ！」

最後に壇上に上がったのは、鱗飛竜（りんひりゅう）だ。経営科の生徒が言う。

「小学校の頃の将来の夢はゾンビになることでした。そんな想いを込めたヒーローです！」

映像が始まる。ショッピングセンターで強盗をした敵（ヴィラン）が店から出てくる。

「よしっ、さっさと逃げ……ん？　なんだこの匂い……」

目の前にゾンビになった鱗がやってくる。

「ヴァー……ヴァ……アア……」

鱗の唸り声に合わせて画面下に『敵（ヴィラン）、逃がさないぞ』とテロップが出る。

「ゾ、ゾンビ!?　やべー！　逃げろ！」

敵（ヴィラン）、踵（きびす）を返し逃げ出そうとするが、鱗は自分の腕をもぎ、ブーメランのように投げつけ、

転んだ敵(ヴィラン)の背に覆(おお)い被さる。

「アア……ア……ヴァ……ヴァー……ッ」

『必殺、腕ブーメラン＆腐臭(ふしゅう)攻撃！』とテロップが出る。敵(ヴィラン)、激臭に気絶。鱗、カメラに向かってくる。

「ヴァ……ヴァ………ヴァァァ！」

カメラに噛みつき映像が終わった。壇上で、鱗、ゾンビ姿で、

「ヴァ……ヴァヴァヴァ……ヴァ～」

「死んでても腐(くさ)っててもヒーロー！　ゾンビヒーロー・ロメロ！　って言ってます！　よろしくお願いします！　ちなみにロメロっていうのはゾンビ映画の基礎を作った映画監督の名前です！」

　これで、全部のヒーロープロデュース映像が終わった。体育館の空気は複雑な感情が渦(うず)巻(ま)いていた。

経営科のなかに、「あれ？　俺のヒーロー、もしかしてスベってる？」と気づく者。

普通科のなかに、「プリユア……いやしかしアイドルもいい……」と真剣に迷う者。

ヒーロー科のなかに、「ダークシャドウ一三世か……」とまんざらでもない者。

だが、それはごく一部の者で、大多数はこう思っていた。

経営科生徒たちの、やりきった感と結果への期待。

普通科生徒たちの、続けざまに妙なものを観させられた混乱と、どのヒーローに投票すればいいのかというとまどい。

ヒーロー科生徒たちの、「なんでもいい、頼む、早く終わってくれ」という羞恥と懇願。

それを生温かい目で見守る先生たち。

——カチャ……。

だがそのとき、普通科生徒たちの頭上のライトが落下してきた。前日の授業でボールがぶつかった際、ボルトが緩んでいたのだ。

突然のことに声も出せない普通科生徒たち。しかしそれを一番近くにいた鱗が、〝個性〟の鱗をとっさに飛ばし、生徒たちに落ちる寸前のライトをキャッチした。

「ふう、危なかった」

ゾンビ設定も忘れて、そう言う鱗に、普通科生徒たちの感嘆の視線が集まった。

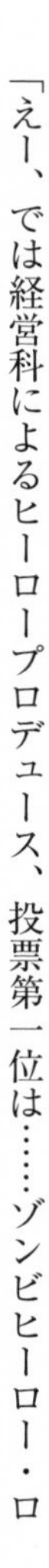

「えー、では経営科によるヒーロープロデュース、投票第一位は……ゾンビヒーロー・ロ

メロです」

投票結果を淡々と報告する相澤に、鱗が「え？　俺？」ときょとんとする。相澤が続けて理由を発表した。

「投票理由はゾンビヒーローうんぬんではなく、さっき救けてくれたから、という理由が圧倒的でした。つまりヒーローは外見やイメージではなく、行動が大事ということだ」

その言葉に経営科の生徒たちが自分のヒーローを省みて、シュンとする。

実は経営科は経営科で、この授業が別名、鼻折られ授業として語り継がれていた。例年であれば、普通科生徒たちの辛辣な投票理由を延々と並べられ鼻を折られるのだが、今年は一言だけですんだのは幸いだったのかもしれない。

普通科は普通科で、この地獄のような授業の様を見て、「ヒーロー科も、経営科も大変だな……」と他人の痛みを知る授業になっていた。心操も一人、「まだ編入前でよかったのかもしれない……」と内心思っていた。ちなみに、サポート科は独立独歩だ。

骨も、折れた部分が前より強く太くなるように、挫折を乗り越えた精神もきっと前よりタフになっているだろう。

痛み分けした三科に、妙な連帯感が生まれたかどうかは定かではない。

Part.6

先生たちのお花見

日曜日の夜は、月曜日への憂鬱がにじんでくる。

その憂鬱をあえておとなしく受け入れ、休息とともに明日に備えるか、もしくは憂鬱など吹き飛ばそうと全力で今を楽しむかの選択をする。

教師寮の面々は、後者を選択した。

「エリちゃん、寝ました？」

エリの部屋から出てきたミッドナイトに、共有スペースのソファにいた13号が気づく。

「ぐっすり。いつ見ても天使の寝顔ね」

答えながら共有スペースを過ぎ、キッチンへ向かうミッドナイト。同じくソファにいたプレゼント・マイクと相澤が言った。

「訓練もがんばってるもんなぁ！」

「前はトカゲを巻き戻すときは少し緊張してたが、最近は余裕が出てきたな」

「なんかこう少し自信がついてきましたよね」

「ごはんもいっぱい食べるようになったなー。お菓子もいっぱい！」

嬉しそうな13号とプレゼント・マイクに相澤が思い出したように言う。

「そうだ、お前たちに言おうと思ってた。エリちゃんにお菓子買いすぎだぞ」

「えっ、すいません、ついつい……。購買とかで見かけると、これ好きかなーって手にとっちゃうんですよね」

「イレイザー、そういうお前だってエリちゃんが好きなリンゴを買い置きしてんジャン！」

「リンゴはいいだろ、果物だし」

三人が話していると、ミッドナイトが一升瓶を手に上機嫌で戻ってきた。

「ねえ見て。珍しい日本酒が手に入ったの」

「へえ、美味しいんですか？」

「そりゃあね。蔵元に予約しないと買えない幻のお酒よ。前から飲んでみたかったの」

「わざわざ予約したのかよ！　好きだなー」

「違うわよ、そこの蔵元の人が私のファンで送ってくれたの。今夜はこれ開けましょ」

ミッドナイトは微笑みながら、テーブルに瓶を置いた。いつもの飲み会を始めようという顔に、長くなりそうだと相澤が腰を上げる。

「俺は遠慮しときます。明日の準備があるんで」

「明日の準備は昨日終わったって言ってたジャーン！」

速攻でバラされ、相澤はニヤけるプレゼント・マイクをじとっとにらんだ。

「相澤くーん、教師ともあろう人がウソはよくないわねぇ?」

「……明日のための合理的虚偽ですよ」

何事も合理的に進めたい相澤は、月曜に向けて休息を選ぶタイプだった。

「ウソをついた罰に一杯くらいつき合えよ!」

「……その一杯が長くなるんじゃねえか」

「幻のお酒かぁ……僕もほんのちょっとご相伴に預かりたいです。舐めるくらいだけ」

「もちろん」とミッドナイトが応えたとき、風呂を終えたオールマイトとセメントスがやってきた。

「おや、飲み会かい?」

「まずは水を」

ほかほかしながら一升瓶に気づくオールマイトに、キッチンに水を取りにいくセメントス。戻ってきたセメントスに水を渡され、「ありがとう」と一口飲んだオールマイトが思い出したように言った。

「そういえば、もうすぐ桜の季節だね。お花見……には少し早いか」

その言葉にミッドナイトがハッとする。

「お花見！　こんないい日本酒があるんだから、お花見しましょうよ！」

パァと笑顔になったミッドナイトに、13号とプレゼント・マイクが続く。

「いいですね！　あそこの桜だったら咲いてるかも!?」

「あー！　あそこな！」

盛りあがる二人に、オールマイトがきょとんとする。

「あそこってどこだい？」

「森林地区の奥に、早咲きの桜があるんスよ」

「お花見か、いいですね」

セメントスもまんざらでもなさそうに頷く横で、相澤が面倒くさそうな顔をしてそっと腰を上げる。部屋に戻るつもりだったが、すぐさまプレゼント・マイクとミッドナイトにみつかった。

「じゃあ俺らで先にレジャーシート持っていってるわ」

「ランタンもいるわね」

「おい……」

二人に両側をかかえられ、相澤はフェードアウトするのをあきらめた。そんな相澤の前で、13号とオールマイトがうきうきと言う。

「それじゃ、おつまみ詰めて持っていきますよ」

「せっかくなら重箱に詰めていく？　あ、おにぎりでも握ろうか？」

「本格的ですね。じゃあ、ほかのみんなに声かけてきますよ」

セメントスがほかの先生たちの部屋に向かう。オールマイトと13号はキッチンへと向かい、ミッドナイトとプレゼント・マイクと相澤はレジャーシートやランタンなどを持ち、一足先に寮を出た。


「まだ寒いわねぇ」

春先の夜の空気は、静かに柔らかく冷えていた。小高い山の上にある敷地内は、寮に戻った生徒たちの声がなければ、ときおり聞こえる鳥の鳴き声などがする程度だ。

通路を示す外灯の明かりも、夜空までは届かずちらほら星が見えている。

深い深い紺色の夜空には、止まっているような灰色の雲が浮かんでいた。

「酒飲んだらあったかくなるデショ！」

「お前な、明日は月曜なんだぞ。どうすんだ、一限目から酒臭かったら」

歩きながらそう言う相澤に、プレゼント・マイクとミッドナイトが顔を見合わせ笑いだす。「なんだよ」と訝しげな顔をする相澤にミッドナイトが言った。

「あれだけ先生やるのを嫌がってた相澤くんが、一番先生っぽいわと思って」

「やっぱ向いてたなー！」

「……いや、普通でしょ」

褒められているようなからかわれているような気持になり、相澤はわずかに眉を寄せた。

ミッドナイトはそんな相澤の反応を見てから、思い出したように言った。

「そういえば、A組のインターン、どうなの？」

「……うまくいってると思いますよ」

「あら、珍しく褒めるわね」

「順調って意味です。本格的なインターンで慣れないことも、多少のゴタゴタも、授業とのきつい並列も、当然ありますから。それを受け入れている最中なので、結果はこれからでしょう」

「……そうね」

含みがあるミッドナイトの声に、相澤が疑問の視線を送る。プレゼント・マイクも同調するように声をかけた。

「ナニナニ⁉　これから花見する人のテンションじゃないジャナイ⁉」

「――インターン要請のその先がね」

「……学徒動員(がくとどういん)」

ミッドナイトに続いた相澤は声色(こわいろ)を落とす。プレゼント・マイクも「……あぁそれな」と珍しく小さく呟(つぶや)いた。

国からの要請は圧力を含む。どう考えても不穏な空気は払拭(ふっしょく)できない。それが大事な生徒に関(かか)わることとなれば、なおさらだ。

けれど、現状はまだ何も知らされてはいない。考えてもしかたのない杞憂(きゆう)は、憂鬱(ゆううつ)の種(たね)になるだけだ。

「……もっとじっくり、いろいろ学んでほしいんですがね。——命を落とさないために」

夜空を見上げながらポツリと言った相澤に、プレゼント・マイクとミッドナイトがそっと目を向け、釣(つ)られるように夜空を見上げる。

浮かんでいる灰色の雲。

そのどっちつかずの色が、死んだ友人との幻(まぼろし)のような邂逅(かいこう)を思い出させた。

「——早すぎたわね、白雲(しらくも)くん」

「……ええ、本当に」

「あっけなさすぎなんだよ、あいつは」

太陽のように明るかった男が亡(な)くなった日の雨の冷たさを、今でも忘れられない。

身近な人の死は、それほどまでに体の奥に刻まれる。その傷を、もう一度えぐられれば、一緒に眠っていた感情が一気にあふれ出してくる。

悲しみ。理不尽さへの怒り。力ない自分への憤り。

いつかの、未来の約束。

それでも、それを全部呑みこんでいるから、今、ここにいる。

もういない誰かの話は、経った時間の分だけ心のなかに積もっている。

伝えられなかったこと。

伝えたかったこと。

くだらないこと。

日常に埋もれそうな挨拶さえ。

全部を話してしまいたい気は、さらさらなかった。

話すべき相手は、わかっているから。

「……あぁクソ！　一緒に飲みたかったな！　あいつ、絶対酒、強いぜ！」

神妙な空気を破壊したいようにプレゼント・マイクが空を割るように叫んで笑った。

「あら、意外と下戸かもよ？」

少しおどけた顔でそういうミッドナイトに、相澤も「……そうですね」と続けた。

「俺、ちょっと先に行って見てくるわ！」

森林地区に入ると、プレゼント・マイクが走っていった。ランタンの明かりが木々の間に消えていく。相澤がそっと口を開いた。

「……少し、飲みたくなりました」

「飲みなさい、飲みなさい」

ミッドナイトはにっこりと笑って続ける。

「お酒はね、感情に寄り添ってくれる飲み物だと思うのよ。楽しいときは楽しいお酒になるし、悲しいときは悲しいお酒になるの。誰かと飲みたいときは、きっとその人とのお酒になってくれる」

「……便利ですね」

「だからつい飲みすぎるのよね」

「ほどほどにお願いします」

相澤がそう言ったとき、遠くからプレゼント・マイクの声がした。

「ダメだー！　まだ桜チャン、咲いてナイ!!」

「ええ？」

驚くミッドナイト。少ししてプレゼント・マイクが戻ってきた。

「全然なの？」

「もー全然！　蕾も蕾よ！」

「それはさすがに味気ない花見よねぇ……」

とりあえず戻ろうと三人で来た道を戻っていく。

すっかり花見気分でいたため、ミッドナイトは落胆を隠せない。

「うう、今日はオツな花見酒が飲めると思ったのに～」

「月見酒ができるほど出てねえしな～」

「……とりあえず飲めればいいだろ？」

「相澤くんはわかってないわね～。いいお酒には、いいシチュエーションが必要なの」

「はぁ、そういうもんですか」

「イレイザーは情緒がねえな！」

「そんなもんなくたって生きていけるだろ」

森林地区を出て、なぜか二人にあきれられた相澤が顔をしかめたそのとき、向こうからやってくる二つの小さな人影があった。

「おや、三人ともこんな時間にどうしたんだい？」

「そんな一升瓶持って」

その人影は根津校長とリカバリーガールだった。二人は健康のために散歩をしていた。

「いえ、ちょっと、いい日本酒が手に入ったのでお花見しようかと……」

ミッドナイトが少し恥ずかしそうな顔で一升瓶を掲げた。その顔は、いたずらがみつかった子どものように幼い。

三人も雄英高校出身だ。そして、校長もリカバリーガールも三人が在学中からずっと在籍している。ふだんはもちろん教師として接しているが、業務時間以外ではつい昔に戻ってしまうこともある。

「おや、いいねえ」

リカバリーガールが日本酒にチラリと目をやる。リカバリーガールも相当な酒飲みだ。

「飲みます？　あ、でも肝心の桜が咲いてなくて……」

「もしかして早咲きの桜かい？　そういえば、そろそろ咲いてるかと思ってたんだけど」

校長が残念そうに首をひねる。それを聞いていたリカバリーガールが思い出したように言った。

「……もしかして、あそこなら咲いてるかもしれないね」

リカバリーガールに案内されやってきたのは、敷地内の外れだった。

「チェリーブロッサムブルーム……!!」

プレゼント・マイクが思わず叫ぶその目の前には、五分咲きの桜が咲いていた。木自体はそんなに大きなものではなく、まだ十数年ほどの若い桜の木のようだった。満開とまでいかずとも、十分に桜の花を堪能できる。

「こんなところに桜があったんですね」

感心するミッドナイトの横で、リカバリーガールが言う。

「数年前にみつけてね。毎年こっそり楽しんでたんだよ」

「秘密の場所ってわけかい。雄英は広いねぇ」

桜を見上げながら感慨深そうに校長が笑った。相澤も隣で桜を見上げる。

白に近い薄紅の花は、夜の中で発光しているように息づいていた。儚くも、力強くも見える桜の花は、不思議なほど人の心を擽る。

どうしても惹かれずにはいられない花だから、蜜を求める蜂のように、人は桜の下に集まってくる。

「じゃあ、みんな呼んでくるゼィエ!」

プレゼント・マイクが張りきって呼びに行き、ほどなくオールマイト、13号、セメントス、ブラドキング、ハウンドドッグ、エクトプラズムがやってきた。

レジャーシートの上でみんなが陣取り、持ってきた重箱を囲む。

急いで詰めたにしては、十分すぎる肴が並んでいた。おかず系のおつまみに、チーズ、漬物、塩辛があり、別のお重にはオールマイトと13号が作ったおにぎりとだし巻きがキレイに並んでいる。

「おにぎりの具はね、昆布にツナマヨ、明太子に高菜だよ。あとだし巻き、作ったばっかりだからまだあったかいと思う」

オールマイトの言葉にブラドキングとエクトプラズムが言う。

「遠足みたいだな」

「大人ノ遠足ダナ」

「大人の遠足には、これが必要不可欠よね」

ミッドナイトが一升瓶の蓋を開け、香りを嗅いでうっとりと呟いた。

「ん〜、馥郁……」

そして持ってきたお猪口に日本酒を注いでいく。それぞれみんなお猪口や、お酒が飲めない人はお茶などを手に校長の挨拶を待つ。

「思いがけないお花見になったね。季節を楽しむのは人生を豊かにすることさ。もちろん無礼講だけど、あまり飲みすぎないように。あぁ、花見といえば——」

SMASH
MY HERO ACADEMIA
僕のヒーローアカデミア
雄英白書

「話はそのくらいにして、さっさと始めとくれ。だし巻きが冷めるよ」

リカバリーガールに話を遮られ、校長は「それもそうだね」と続ける。

「話の続きはまた今度。……では、乾杯」

「乾杯！」とそれぞれ乾杯し、飲み物を口にする。

「ハァ……スッキリしてるのにフルーティで華やか……でもしっかり辛口ね。美味しい」

「あ、美味しいですね！　飲みやすい。うわ〜酔っちゃいそうだな」

蕩けそうなミッドナイトに、チビリと日本酒を口にした13号も驚いたように目を見開く。

その近くでブラドキングが言った。

「うまいな。どこの酒だ？」

「東北よ、米どころ」

「ほうほう」と納得するブラドキングの隣で、匂いを嗅いでいるハウンドドックが陶酔しているように口を開いた。

「……匂いだけで飲んだ気になるな。脳にしみる……」

その近くでは満足そうに酒を飲んでいるリカバリーガールと校長が話している。

「花見酒なんて何年ぶりだろうねぇ」

「ずっと忙しく病院回ってたからね。ご苦労様。でも、前のときみたいに飲みすぎないでくれよ？　僕じゃ君を持ち上げられない」

「何十年前の話をしてるんだい。無粋な男だね」

その向かいではセメントスがだし巻きに箸を伸ばしていた。

「ん、このだし巻き美味しいですね」

「そうかい？　よかった」

そう応えるオールマイトに13号が言う。

「オールマイトって料理上手ですよね～。意外でした！」

「いやあ、お弁当作ってるからかな。緑谷……いや生徒の訓練につき合ってると、おなかがすくんじゃないかと思ってさ。ほら、食べ盛りだし、体作らないとだし」

あわててごまかすオールマイトを横目であきれたように見ていた相澤が、桜越しの灰色の雲を見上げる。隣のプレゼント・マイクがその様子に気づきお猪口を夜空に掲げた。

「――乾杯！」

相澤も軽く掲げ、改めて一口、酒を飲み下す。それに気づいたミッドナイトも同じように夜空を見上げて酒を口にした。

熱く喉を通っていく酒が、心のなかに積もった言葉たちにしみこんでいく。

灰色の雲が、ゆっくりと紺色に溶けた。

少し経った頃には、一升瓶の中身は半分以下になっていた。

酒は人の理性を緩める。ゆえに、いい調子になったエクトプラズムが歌いだした。

「――歌イマス。ヒーロー海峡」

♪新宿駅で迷います
人波　泳いで　人命救助
次の現場に行きたいけれど　全然なかなか進まない
都会の大海原　今日も溺れる

「いよっ、エクトプラズム～！」

「相変わらずいい声だね」

合いの手を入れるプレゼント・マイクの近くで、校長が聴き入りながらお茶を飲む。

ミッドナイトがリカバリーガールに酒を注ぎながら言った。

「リカバリーガール、聞きましたよ～。昔、トレンディボーイJr.にプロポーズされたことがあるって」

「えっ、トレンディボーイJr．って、あの抱かれたいヒーロー殿堂入りしたヒーローじゃないですか！　おばあちゃんが大ファンだったんですよ！」

興奮する13号に、みんなも注目する。リカバリーガールが、フフと笑った。

「昔の話だよ」

「この人はモテたよ、引く手あまた。日本だけでなく、外国のヒーローにもね」

訳知り顔でそう言う校長に、ミッドナイトが「わぁ～」と目を輝かせる。

「〝個性〟の使い方が使い方だからね、勘違いする人が多かったのさ。困ったもんだよ。そういうあんたはどうなんだい？」

「私ですか？　まぁそれなりに」

リカバリーガールに訊かれて応えたミッドナイトだったが、少し考えて笑った。

「……でも、若い子たちの青春を見ているほうが正直おもしろいですね。みんな一生懸命で、目を離す暇がない」

「わかります！　たった一日で、こんなに成長するんだってビックリしますよね」

「……まぁ成長してもらわなきゃ困る」

「そんなこと言ってっけど、お前もビックリ喜んでんダロォー!?」

日本酒を飲みながら言った相澤にプレゼント・マイクがからむ。しかしそれを聞き逃さ

なかった男がいた。

「まぁ我がB組も著しく成長して、目を離す暇など一瞬もないがな！」

自慢するように胸を張るブラドキング。それを見た早くも酒がまわっていた相澤が、ブラドキングと一升瓶を見間違いながら、無表情のまま言った。

「——まぁ、ウチは目が離せないどころか、くっつけてないとダメですね。問題児ばっかりなんで。その分、伸びしろがあるんですが」

「伸びしろだってウチのほうがある！　これからどこまで成長するか、怖いくらいだ！」

「ウチは伸びしろだけでなく、内面も成長していってますからそこは安心ですけどね」

「そこを言うならウチだって——」

張り合う相澤とブラドキングに、プレゼント・マイクとハウンドドッグが「まぁまぁ」「どっちもすごいぞ」と止めに入る。そばで見ていたセメントスが言った。

「二人とも酔ってますね……むごっ」

13号が突然セメントスの口におにぎりを突っこんだ。

「どうですか？　僕が握ったおにぎり美味しいですか？　あ、高菜のほうがよかったかな？　はい、高菜です！」

「むごっ……」

どうやら13号も酔っ払っている。それに気づいたオールマイトが注いだお茶を「ほら、飲んで」と13号に渡す。

「やぁやぁ、無礼講になってきたね」

にこにこしながらその様子を眺めている校長に、ミッドナイトが言う。

「すみません、ついついお酒が進んじゃって」

「明日に影響が出るようならお小言じゃすまないけど、今を楽しむのは大事なことさ」

「人生なんてあっというまだよ。桜が咲いて散るくらいにね」

桜を見上げながらそう言うリカバリーガールに、ミッドナイトと校長も桜を見上げる。

「あっというまですか」

「あっというまさ。一〇年前のことなんか、つい昨日のことのようだよ。だからこそ一日一日、大切に生きなきゃね」

リカバリーガールの言葉に、ミッドナイトが神妙に頷く。

「……そうですね。いつ、何があるかわかりませんし」

ヒーローが活躍する裏には、常に命がけの危険がある。ヒーローたちは常にその覚悟を持って現場へと向かう。

「――人の生き死に立ち会うと、ありきたりだけどこう思うんだよ。……人生は長さじゃ

ない。どう生きたかだって」

そう言ったリカバリーガールが、ふと表情をやわらげる。

「……でもね、それでもやっぱり健康で長生きしてほしいのが人情さ。とくに雄英のがんばっている子たちにはね」

「そうですね」と同意するミッドナイトにリカバリーガールは視線を向けた。

「あたしは、あんたたちのことも今でも生徒だって思ってるよ」

厳しくも優しい眼差し(まなざし)に、ミッドナイトはどこか照れたように笑った。

「……はい」

「さぁさぁ、飲もう。酒は百薬(ひゃくやく)の長(ちょう)だからね」

リカバリーガールがミッドナイトに酒を注ぐ。二人は嬉しそうに乾杯して酒を味わった。

それを見て校長が言う。

「また、来年もこうして花見ができるといいね」

優しい風に桜がわずかに揺れる。咲いて散る桜は、やがて新しい季節を連れてくる。

崩壊(ほうかい)する世界は、まだ誰も知らない。